― 書き下ろし長編官能小説 ―

ふしだら銭湯

河里一伸

竹書房ラブロマン文庫

目次

この作品は、竹書房ラブロマン文庫のために
書き下ろされたものです。

プロローグ

「省吾《しょうご》くん、段ボールに入ったバスタオルとフェイスタオル、控え室の奥の倉庫に運んでおいてくれる？」

　と、半袖Tシャツにジーンズのズボン、それに素足という格好の幼馴染み・楠木知《くすのきち》香《か》から指示が飛ぶ。

　それを受けた橘《たちばな》省吾は、「了解」と応じると、業者から届いたばかりの段ボール箱を重ねて持ち上げた。

「うわぁ、まとめて持つんだ。すごいね？」

「ああ。東京じゃ引っ越しのバイトをしていたから、荷物運びはお手のものなんだ。それに、中はタオルだし、これくらいは余裕だよ」

　感嘆の声をあげる幼馴染みに答えた省吾は、そのまま従業員の控え室へと向かった。

　知香は省吾より一歳下で、来月から大学四年生になるというのに、年不相応の愛らしい顔立ちの持ち主である。加えて、身長が百五十五センチと小柄なため、未だに小動物に喩《たと》えられているらしい。今は仕事中なので、本来はストレートのセミロングの髪を耳の高さでまとめてミドルポニーにしているが、それが愛らしさをいっそう引き立てている気がしてならない。

お互いの自宅はやや離れているが、親同士が親友の間柄なのもあり、二人は物心がつく前から兄妹のように育ってきた。もっとも、省吾が中学に入ってから野球部に入部したことや、高校と大学は別々のところに通ったことなどもあって、ここ数年は一年間に片手の指で数えられる程度しか、顔を合わせていなかったのだが。

(それなのに、まさか知香ちゃんと「野上《のがみ》の湯」で働くことになるなんてな)

今さらのように、そんな思いが脳裏をよぎる。

つい先週、東京の大学の卒業式を迎えたばかりの省吾は、実は都内の中堅企業に内定を取っていて、本来であれば地元に戻るつもりなどなかった。

ところが、一ヶ月前の二月頭に内定先から「倒産するから内定を取り消す」というメールが来た。そのため、年末まで研修などを受けていた会社の所在地に慌てて行ってみたものの、そこは既にもぬけの殻《から》になっていたのである。

卒業論文の口頭試問も終えて、あとは卒業を待つばかりとなった時期に起きた不測の事態に、途方に暮れた省吾は大学の卒業式後、実家があるI県S町へと舞い戻ったのだった。

しかし、実家に戻って家賃や食費の心配はなくなったとはいえ、いつまでもニート生活をしているわけにもいくまい。

そんなことを思っていたところ、昨日の水曜日に親同士の情報のやり取りで事情を聞いた知香がやって来て、「しばらく銭湯で働かない？」と切り出したのである。

温泉銭湯「野上の湯」は現在、知香の父方の伯父・楠木茂《しげる》がオーナーをしている。しかし、彼の妻と息子は「銭湯などもう辞めるべきだ」と経営に協力せず、今は姪の知香が大学生活の合間を縫ってアルバイトとして働いていた。

知香は子供の頃から「野上の湯」が好きで、「大きくなったらここで働く」と言っており、中学時代から手伝いをしていた。どうやら、大学を卒業したら目標どおり「野上の湯」に就職し、伯父の引退後に経営を引き継ぐつもりのようである。

茂のほうも、自分の代で銭湯を潰すより、やる気のある姪に継いでもらうほうがありがたいと考えて、彼女を受け入れたそうだ。

ところが月曜日の夕方、彼が急に倒れて病院に救急搬送される、という緊急事態が発生した。幸い命は取り留めたものの、しばらく入院することになって銭湯の仕事にいつ戻れるのか、いや本当に復帰できるのかすら今の時点では不明らしい。

現在は大学が春休みなので、知香一人でも営業はギリギリ続けられるだろう。しかし、大学が始まってしまったら両立は不可能だ。

そこで、彼女は銭湯の定休日の昨日、省吾の元へとやって来たのである。

「だったら、おじさんが復帰するまで銭湯を休みにすればいいんじゃない？」

幼馴染みから手伝いを依頼されたとき、省吾はそう疑問をぶつけていた。

「そりゃあ、本当ならそうするべきだと思うよ。だけど、伯父さんがいつ復帰できるか分からないし、正直『野上の湯』の経営状態って、あんまりよくないの」

と、知香は暗い顔をして、現状について説明してくれた。

もともと「野上の湯」は、彼女の曾祖父が町外れの野上地区に所有していた土地から少量湧いていた温泉を採掘し、「野上温泉」と名付けて営業し始めたものである。

当時は、温泉を他所に分ける余裕もあったため、立地がよくなく目立った観光名所も特産もないS町では、助成金を出して温泉宿の建設を後押しするなどして客を呼び込んでいたらしい。

しかし、それでも人口の流出傾向に歯止めはかからず、さらにバブル経済崩壊後の景気低迷といった悪要因も重なり、町内の温泉宿はバタバタと潰れていったのである。

さらに、家庭に風呂があるのが当たり前になったことで、銭湯文化自体の衰退も年々進んでいた。そのため、「野上の湯」の客数も年々減少して、現在では最盛期の半分以下に落ち込んでいるという。

景気が傾いた頃にオーナーだった知香の亡き祖父は、銭湯のリニューアルなどの対策を講じた。だが、根本的な原因が原因なので、客足の回復にはほとんど結びつかなかったそうである。

その後、知香の祖父からオーナーの座を継いだ茂も懸命に手を尽くしていた。だが、お世辞にも経営状態がいいとは言えない状況が、ずっと続いているらしい。これでは、彼の妻と息子が銭湯の経営継続に渋い顔をするのも、当然と言えるだろう。

そんな中で、茂が倒れてしまったのである。

「……だから、昨日は臨時休業にしたけど、そのまま長期休業していつ再開できるか不明、なんてことになったら、今いるお客さんも離れちゃう。そうしていったん離れた人が、銭湯を再開したときに戻ってきてくれるとは限らないでしょう？」

「ああ、確かにそうだよなぁ。僕だって、もう何年も行ってないわけだし」

知香の説明に、省吾は頷《うなず》きながらそう応じた。

幼少時は、両親に連れられて「野上の湯」によく行っていたが、中学生に上がった頃からすっかり足が遠のいていた。中学と高校時代に銭湯へ行ったのは、一年間で片手の指でも数えられる程度の回数で、ここ四年は東京の大学に進学したこともあって一度も行っていない。

省吾ですらこのような状況である。ここで、期間未定で長期休業などしたらどうなるかは、火を見るよりも明らかだ。

「省吾くん、お願いだから手伝って。わたし、『野上の湯』をなんとか残したいの」

そう訴えてきた幼馴染みの必死さに、省吾は首を縦に振る以外の選択を取ることができなかったのである。

(……それに、知香ちゃんの力になりたかったっていうのもあるからな)

倉庫にタオルの箱を置いた省吾は、大きく息を吐きながらそんなことを思っていた。

実は、省吾は思春期に入ってから知香のことを異性として意識し、心惹《ひ》かれていたのである。しかし、自分の気持ちを自覚した頃にはやや疎遠になっていたため、告白など思い切った行動を取れないまま今日に至っていた。

銭湯での仕事を引き受けたのも、彼女との距離を縮めたいという下心がまったくない、と言ったら嘘になる。

(それにしても、掃除はもちろんだけど、物品の補充とか開店前にやることが意外と

多いんだな）

もっとも、こうした準備をしっかりやっているからこそ、開店したあと客が快適に使えるのだろう。

そんなことを考えつつ、省吾は幼馴染みがいるフロントに戻った。

そうして、開店時間の十三時になると省吾はフロントに座り、知香に横についてもらいながら、もう一つの重要な仕事の接客の仕方を学ぶことになった。

温泉銭湯「野上の湯」は、地方の銭湯には珍しい神社仏閣のような宮造《みやづく》りの建物で、築六十年なので外観はかなり古めかしい。だが、店内は二十年前に大幅なリニューアル工事を行なっていた。その際、男女の脱衣所の出入り口前にあった番台を、待合室と一体のフロント形式に変更したのである。

（やれやれ、この形でよかった。番台のままだったら、特に女湯を冷静に見るなんてできなかったと思うし）

椅子に座りながら、省吾は改めてそう思わずにはいられなかった。

何しろ省吾は、ここまで異性との交際経験がまったくなく、風俗遊びもしたことがない真性童貞なのである。

動画や写真で女性の裸を目にしていたとはいえ、生で見たらとても平静でいられる自信はない。その意味で、フロント形式はありがたかった。

もちろん、番台と位置自体は変わっていないので、今でも脱衣所とフロント間でのやり取りはある。とはいえ、開閉できる小窓を通してするので、現在は客が素っ裸で声をかけてこない限りヌードを見ることはない。また、小窓から脱衣所を見渡すこともできないので、プライバシーへの配慮もできている。

とはいえ、十七時頃までは近所の常連の老人らがポツポツと訪れる程度で、小窓から声をかけられることもなく、はっきり言えば暇だった。

だが、いくら最盛期の半分ほどの来客数とはいえ、十七時を過ぎると夕飯前にひとっ風呂、という人間がそこそこやって来るため、それなりに忙しくなる。

知香の話では、ここから二時間ほどが来客のピークになるらしい。もっとも、今は彼女がフロントの脇に立ち、接客の指導がてらあれこれとフォローしてくれているので、モタつくこともほとんどないのだが。

そうして、何人かの客の相手をしたところで、新たに二人の女性客が入ってきた。

「あら？　フロントに、知らない男性がいますねぇ？」

省吾を見て、ややおっとりとした驚きの声をあげたのは、背中の真ん中まで伸びたロングヘアに、少し垂《た》れ目気味でふんわりした雰囲気を醸《かも》し出している美女である。

年の頃は、おそらく三十歳前後だろうか？

ただ、彼女の最大の特徴は、厚手のコートを着ていても分かる大きなバストだ、と言っていいだろう。巨乳を越えた爆乳の持ち主なのは、一目瞭然だ。

「本当だ。もしかして、知香ちゃんの彼氏？」

爆乳美女と一緒にやってきて、からかうように言ったのは、ショートボブの髪型にやや切れ長の目をした、端整な顔立ちの美女である。一見すると、かなり真面目で少しキツそうな容姿だが、今の言葉から考えて、見た目よりはフランクな性格をしているのかもしれない。

また、彼女は百七十二センチある省吾と遜色《そんしょく》ない身長に加え、茶色の革ジャンにジーンズのズボンという格好でも、出るところがしっかり出て、細いところは細い、という抜群のスタイルの持ち主だと分かる。

今はラフな格好だが、スーツを着ていたら漫画などに出てきそうなやり手の秘書やキャリアウーマンっぽく見えそうだ。

「久美子《くみこ》さん、希美《のぞみ》さん、いらっしゃいませ。希美さん、省吾くんはその、か、彼氏とかじゃないです。わたしの幼馴染みで……」

やや動揺した素振りを見せながら、知香が美女たちに応じる。

彼女が名前をサッと口にしたことと、共にマイ洗面器などの入浴セットが入っているであろう大きな手提げバッグを持っていることから、二人が銭湯の常連なのは間違いないようだ。

「いらっしゃいませ。えっと、僕は橘省吾って言います。つい先日まで東京の大学に通っていたんですけど、事情があって卒業したあとこっちに戻ってきて、知香ちゃんを手伝うことになったんです。よろしくお願いします」

省吾は、知香の態度に内心で首を傾《かし》げつつ、そう言ってフロントから頭を下げた。

「これは、ご丁寧に。わたしは、有島《ありしま》久美子です。ここのお湯、肩こりにとってもいいから、よく利用させてもらっています」

と、爆乳美女が挨拶を返す。

その言葉遣いと頭を下げる動作だけでも、久美子がとても上品な育ちだと伝わってくる気がする。また、彼女の胸の大きさからすれば、肩こりが持病なのも納得がいく。

「あたしは、竜《りゅう》ケ崎《がさき》希美。久美子さんより三つ下の二十七歳で、フリーライターをしているわ。腰を痛めていて、久美子さんにここを紹介してもらってから、よく来るようになったの。そうね、キミのことは『省吾』って呼ぶから、あたしのことも『希美』って呼んでくれていいわよ。よろしくねっ」

スタイル抜群の巨乳美女が、おどけるように言ってウインクをした。

この言動から見て、希美のほうはやはり真面目そうな見た目に反し、かなりフランクな性格をしているようである。

フリーライターという仕事について、省吾はあまりよく知らなかった。ただ、その手の仕事は椅子に座って長時間作業をするため腰痛を起こしやすい、という話をどこかで見た気がする。おそらく、彼女もご多分に漏《も》れなかったのだろう。

野上温泉はアルカリ性単純温泉で、主に美肌、神経痛、筋肉痛、関節痛、五十肩、運動麻痺、関節のこわばり等にいい、となっている。肩こりや腰痛持ちには、ありがたい効能と言える。

源泉の温度が低め、かつ湯量も少なめなので、タンクにいったん温泉を溜めてガスボイラーで加温しているのだが、それでもその効能は悪くはなさそうだ。

「ところで、知香さん？　オーナーさんは、大丈夫だったんですか？　一昨日は臨時休業でしたし、昨日は定休日だったから訊《き》けませんでしたけど、急にあんなことになったから心配していたんですよ」

下駄箱に靴を入れて、フロント前にやって来た久美子が、知香に問いかけた。どうやら、彼女は知香の伯父が倒れた現場にいたらしい。

「あ、はい。伯母の話では、緊急手術は成功して意識も戻ったんですけど、しばらく入院が必要で、いつ退院できるかはまったく見当がつかないって……」

「そうですか。意識が戻ったのはよかったですけど、やっぱり心配ですね」

知香の説明に、爆乳美女が表情を曇らせる。

「はいはい。せっかくお風呂に入りに来たんだし、新しい人を雇って営業を再開してくれたんだから、ひとまずはそれでいいじゃない。さっ、早く入りましょうよ」

と、希美が重くなりかけた空気を変えようとしたらしく、ことさら明るく言う。

そうして、二人はフロントの省吾にお金を払うと、女子更衣室へと入っていった。

ただ、バストの大きな美女たちが壁を一枚挟んだ向こうで服を脱いでいると思うと、胸の高鳴りをどうしても抑《おさ》えられない。

「ちょっと、省吾くん？　あの二人の裸を、想像しているんじゃないでしょうね？」

いきなり、横から知香がジト目でそんな指摘をしてきた。

図星を突かれたため、省吾の心臓が大きく飛び跳ねる。

「そ、そんなことはないって」

「どうだか。二人とも胸が大きいし、美人だし」

と、知香が頬《ほほ》をふくらませて拗《す》ねた表情を見せる。

　ただ、久美子や希美には劣るが、彼女もTシャツ越しでもしっかり分かる大きさのふくらみの持ち主である。はっきり言って、比較する対象が悪すぎるだけだ。

　とはいえ、子供の頃のような親しさがあれば、そんなセクハラ紛《まが》いの軽口も平気で叩けたのかもしれないが、今の幼馴染みとの間柄はなんとも微妙なので、バストサイズについては話題にしづらい。

　加えて、省吾は「真面目すぎる」とよく言われるような性格だった。そのため、冗談めかして「知香ちゃんのオッパイだって充分に魅力的だよ」などと言えなかった。

　おかげで、どうにも次の言葉が見つからなくて、ついつい沈黙してしまう。

　すると、知香のほうもややバツが悪そうな表情を浮かべて黙り込む。

　そうして、いささか気まずい雰囲気が二人の間に流れ出したとき。

「省吾、ちょっといい？」

　と、斜め後ろ側にある女子脱衣所の小窓の向こう側から希美の声がした。小窓は普段、木戸を閉めているため、いきなり姿が見えてしまうことはない。また、商品や現金のやり取りをしやすいように、窓の下側には小さなカウンターもある。

「あっ。は、はい。なんですか？」

「実は、アパートから持ってきたシャンプーが空っぽだったことに気付いてさ。シャンプーをもらえるかしら？」

「はい。えっと、小ボトルで四十円です。すぐに用意をするんで、現金の用意をお願いします」

と応じて、省吾はフロント内の背面にある棚からシャンプーのボトルを取り出した。

近年、個人経営の銭湯でも浴室内にシャンプーやリンスを備えるようになったところはあるが、「野上の湯」ではタオルを含むアメニティ類は持参が基本である。しかし、それを知らなかったり忘れたりした人、あるいは希美のようにうっかり切らした人向けに、アメニティ類の販売を行なっている。

省吾は、シャンプーのボトルをカウンターに置くと、小窓の木戸を開けた。

「お待たせしました。シャン……ぶっ！」

希美の格好を見た途端《とたん》、省吾は思わず絶句していた。

彼女がバスタオルを身体《からだ》に巻いた姿なのは予想していたが、問題はその位置である。

美人ライターは、ふくらみの中央より少し上からバスタオルを巻いていた。つまり、大きなバストの上側が丸見えで、深い谷間も省吾の位置からはっきり見えているのだ。

先ほどは革ジャン越しだったが、こうして見ると彼女の乳房は思っていた以上にふくよかである。そのぶん、上半身しか見えないとはいえバスタオル姿が映《は》えているように思えてならない。

「ありがとう、省吾。あっ、四十円、お釣りがないように十円玉で払うわね」

希美がそう言って、少し前屈みになってカウンターに十円玉を一枚ずつゆっくりと置いていく。

（うわっ。ち、乳首が見えそうで見えない……けど、オッパイの谷間が……す、すごい……）

混乱しながらも、省吾の目は美人ライターのふくらみに釘付けになっていた。彼女が、巨乳をわざと見せつけているのは明らかだが、視線を外すことができない。

物心がついてから初めて目の当《ま》たり《あ》にした白くてふくよかな生乳房は、見るからに張りがありそうで、それでいて柔らかそうでもある。それに、バスタオルがあと一センチくらい下にズレれば乳輪が見えるだろう、という絶妙な位置に巻かれているため、ついハプニングを期待して目が向いてしまうのだ。

「ふふっ。はい、十円玉四枚。今日のサービスは、ここまでよ。本当に、食い入るみたいに見ていたわねぇ」

からかうようにそう言って、希美が身体を起こす。

そこでようやく、省吾は自分が何をしていたのかに気付いた。

「あっ、その……すみません」

「こっちが見せたんだし、謝らなくてもいいわよ。それに、このオッパイをガン見するくらい気に入ってくれたのなら、あたしも嬉しいわ。でも、これ以上は知香ちゃんに怒られちゃいそうだし、出禁《できん》になりたくないから、今日はここまでね」

と、冗談めかして言った美人ライターがウインクをする。

慌てて振り向くと、なるほど童顔の幼馴染みが背後から怒りのオーラを立ち上らせながら、こちらを睨みつけているのが目に入った。

「あっ……あ、ありがとうございましたっ」

省吾は、カウンターに置かれたお金を急いで取って木戸を閉めた。

それから、動揺を抑えられないまま改めて知香のほうに向き直る。

「えっと、その……今のは……」

「いいわよ、別に。希美さんが、見た目によらずああやって人をからかうのが好きなのは、ちゃんと分かっているしっ」

省吾の言い訳を遮《さえぎ》るようにそう言って、彼女がそっぽを向いた。ただ、かなり不機嫌になっているのは、幼馴染みという関係でなくても容易に察することができるくらい、はっきり伝わってくる。

（うーん、希美さんは冗談のつもりだったみたいだけど……さて、どうやって知香ちゃんの機嫌を直せばいいのかな？）

そんなことを思いながら、省吾はちょうど新たな客が入ってきたのをいいことに、なんとか気持ちを切り替え、「いらっしゃいませ」と明るく挨拶をするのだった。

第一章　巨乳美女の湯けむり筆おろし

1

「省吾くん？　男湯にお客さんがいない間に、脱衣所の整頓と掃除をしてくれる？　あと、浴室の椅子の整理とゴミ箱の確認もよろしくね」

「あっ、うん。分かったよ」

十五時過ぎ、省吾は幼馴染みの指示で、急いで男湯の脱衣所に向かった。

省吾が「野上の湯」で働きだしてから、早くも四日目。仕事にはそこそこ慣れてきたものの、まだ細かいところまでは気が回らず、今のように指示を受けてから慌てて動くことが多い。

初日に、美人ライターの悪戯《いたずら》で少々機嫌が悪くなった知香だったが、その後は前と変わらない態度で接してくれていた。内心ではどうか分からないが、彼女の中でひとまず割り切りができたのだろう。

省吾は、これまで異性との交際経験がまったくなく、加えて思春期以降は知香ともやや疎遠になっていた。そのため、どう機嫌を取ればいいか見当もつかなかっただけに、本人が勝手に割り切ってくれたのはありがたいと言える。

そんなことを思いながら、省吾は浴室と脱衣所の整頓と掃除を手早く済ませた。

開店前や閉店後ならば、時間をかけてしっかりするものの、今は営業時間内である。いつ新しい客が入ってくるか分からない以上、のんびり作業をしている暇はない。

ちなみに、知香の祖父は銭湯のリニューアル時に番台からフロント形式に変えた以外に、脱衣所の衣服を入れる棚も鍵付きの木製ドアのロッカーに変更していた。当時は、「カゴのままでよかったのでは？」と言われたらしいが、昨今のご時世を考えればその決断は正しかった、と言えるだろう。

また、浴室は左右対称という違いはあるものの、男湯も女湯もまったく同じ作りである。

まず、大人が十人程度まとめて入れる水温四十二度のメインの浴槽と、五人程度が入れる水温三十八度のぬる湯の浴槽が出入り口の対面に並んでおり、他に二人くらいが入れる水風呂の浴槽がある。そして、洗い場が男湯と女湯を仕切る二・五メートルほどの高さがある壁の壁際に十席、さらに反対の壁にも十席並んでいた。

仕切り壁の上部は開いていて、富士山が描かれた大きな壁絵が男湯と女湯で繫《つな》がって見えている。昔は、家族が仕切り壁越しに石鹸《せっけん》を投げて融通し合ったり、会話をしたりしていたらしい。

浴室だけ見れば、まさに昔ながらの銭湯そのもの、と言っていいだろう。

（知香ちゃんのお祖父《じい》ちゃん、脱衣所までは積極的にリニューアルしたけど、浴室は昔の雰囲気を大事にしたいってほとんど手を加えなかったらしいんだよな）

記憶の中にある亡き老人のことを思い出しつつ、省吾は整頓と掃除を終わらせて脱衣所を出た。

「知香ちゃん、終わったよ」

「お疲れさま。それじゃあ、女湯も今はお客さんが一人しかいないし、わたしが脱衣所の整頓をしてくるから。その間、フロントをよろしくね」

そう言って、彼女が男湯の側にあるフロントの出入り口から出てきた。

入れ替わって座席に座ると、ヒップから温かさが伝わってきて、同時にやや甘い残り香が微《かす》かに省吾の鼻腔をくすぐった。

（あっ。知香ちゃんの匂いが……）

と思った途端、ここから飛び出して小柄な幼馴染みを抱きしめたい、という衝動が胸の奥に湧《わ》いてくる。

だが、省吾はそれをどうにか抑え込んだ。

（まだ銭湯の営業時間だし、それに僕がそんなことをしたら知香ちゃんだって嫌がるかもしれない。せっかく、また以前みたいに話せるようになったのに……）

ここで、欲望に任せて行動して知香に拒絶されたら、「野上の湯」で働き続けるのはもちろんのこと、彼女とこれから顔を合わせづらくなるのは間違いあるまい。何より、仲のよい両親同士の関係にまで影響を与えかねない。

そんなことを思うと、とても性急に手を出す気にはならなかった。

一方、童顔の幼馴染みはこちらの気持ちに気付いた様子もなく、女湯の暖簾《のれん》をくぐって中に入っていく。

（はぁ。知香ちゃんは、僕のことをどう思っているんだろうな？）

今さらだが、それが気になって仕方がなかった。

もちろん、嫌いならたとえ人手不足でも「野上の湯」での仕事を誘いになど来ないはずだ。それに、普段の態度を見ていても、自分が少なくとも嫌われてはいない、という自信はある。

問題は、彼女が抱いている気持ちが「好意」だとして、それがどういうレベルなのかである。何しろ、物心がつく前から小学生頃まで、ほぼ兄妹同然に育ってきたのだ。もしかしたら、一人っ子の知香にとって、省吾はあくまでも「兄」のような存在、つまり家族愛のような感情で見ている、という可能性もある。

その場合、こちらが男女の恋愛感情による「好意」を口にしても、受け入れてくれるとは思えない。

（それに、今の知香ちゃんは、「野上の湯」を守ることで頭がいっぱいで、恋愛とか考える余裕がないのかもしれないし）

彼女は、将来の銭湯経営を見据えて大学は経済学部経営学科を選び、卒業論文も「地方の小規模銭湯を、大規模化に頼らず活性化するための課題と改革方法について」というテーマで書く予定らしい。

実際に、銭湯で何年も働いているだけあって、やはり経営上のことで思うところは色々とあるようだ。もっとも、今はオーナーが伯父で彼女自身はアルバイトに過ぎないため、経営に口を挟んではいないらしいが。

しかし、特にやりたいこともなく、漫然と社会学部に進み、社会学と関係のない会社の内定を取っていた省吾からすれば、これほどまでに明確な目的を持っている一歳下の幼馴染みが、羨《うらや》ましく思えてならなかった。

ただ、そこまで「野上の湯」に思い入れがある以上、彼女が恋愛よりも銭湯を優先して考えている可能性は高い。そうであったなら、いくら省吾が思いを伝えても、少なくとも当面は前向きな返事をもらえない気がする。

もちろん、茂が復帰するまでの間とはいえ、好きな相手と同じ空間で働けることは嬉しい。だが同時に、省吾はもどかしさにも似たモヤモヤした気持ちを、胸に抱かずにはいられなかった。

2

「本当にゴメンね、省吾くん。あとのことを任せちゃって」

火曜日の二十時前、ダウンジャケットを着て控え室から出てきた知香が、フロントに座っている省吾に手を合わせて謝罪してきた。

「何度も謝らなくていいって。叔母さんの告別式じゃ、仕方がないって。それより、早く家に帰ってタクシーに乗らないと、高速バスの時間に間に合わないよ？」

「あっ、そうだね。それじゃあ、あとのことはよろしく」

省吾が促《うなが》すと、彼女はそう応じてバタバタと出ていく。

「やれやれ。何度も会っているおばさんの妹が亡くなったんだから、本来ならお通夜から出るのが筋だろうに、それでも銭湯を優先するなんて。やっぱり、知香ちゃんは本当にここが大事なんだな」

幼馴染みが出ていってから、省吾はそう独りごちて肩をすくめていた。

大阪に嫁いだ知香の母方の叔母が、数年の闘病生活の末に亡くなったと知らされたのは、昨日の午前中のことだった。省吾も幼い頃に会ったことがあり、わずかだが記憶が残っている相手だけに、訃報《ふほう》を聞いたときは驚いたものである。

なんでも、今夜が通夜で明日の午前中が告別式だそうで、知香の両親は既に大阪へ行っている。だが、彼女は忙しさのピーク時間帯を省吾一人に任せるのはまだ心許ないため、こちらに残ったのだった。

しかし、明日は銭湯の定休日なので告別式には出席しよう、とピークが過ぎたのを見計らって、夜行の高速バスで大阪へ向かうことにしたのである。

幼馴染みがいないと、閉店後の掃除を一人でしなくてはならないものの、明日は定休日なので、もしも今日のうちにすべて終わらなくても大きな問題はあるまい。

そんなことを思いながら業務を続け、あと一分で二十一時になる、という時間になったとき、正面玄関の引き戸が開いた。

「ふう。ギリギリ間に合ったわ。まだセーフよね？」

と姿を見せたのは、竜ケ崎希美である。

「あっ。こんばんは、希美さん。あと一分あるんで、大丈夫です。珍しいですね、こんな時間に？」

働きだしてから何度も顔を合わせ、世間話をするくらいの仲になっているため、省吾は彼女にそう声をかけた。

しばらく働いていて、また知香に教えてもらったこともあり、既に常連が来る日時をある程度は把握《はあく》できるようになっている。

フリーライターなので時間の制約はないものの、希美が来るのは大抵の場合十七時から十八時の間である。それに、いつもは週三回くらい来るという話だったが、改めて思い返してみると、この一週間は彼女の顔を見ていなかった。

「ああ、よかった。〆切り間際で苦戦していた原稿を、ついさっき編集部にメールしたから、ここのお湯でリラックスしたかったのよ。腰が、けっこう辛くてさ」

と、自分の腰を叩きながら言って、希美が靴を下駄箱に入れる。

なるほど、このところ〆切り直前の仕事に追われて、銭湯に来る余裕がなかったらしい。それが片付いて、ようやく時間ができたようだ。

前に聞いた話によると、彼女はライター仕事のオーバーワークで腰を痛め、療養を兼ねて半年前にこの町へ引っ越してきたらしい。そして、住居のアパートの近くに住んでいる久美子と知り合い、「野上の湯」を紹介してもらったそうだ。

温泉効果なのか、「野上の湯」に通うようになってから腰の調子がかなりよくなり、また執筆に集中できるようになった、という話である。

ただ、今回は一週間ほど無理をせざるを得ず、疲労が蓄積していたため、原稿を送ってすぐに来店したのだろう。

そんな分析をしていると、フロント前に来た彼女が周囲を見回した。

「あれ？　知香ちゃんは？」

「大阪の親戚が亡くなったそうで、一時間くらい前に早退しました。明日の告別式に出るから、M駅発の高速バスで現地に行くってことで。そろそろ、バスが出る時間ですね。多分、間に合ったはずだけど」

省吾が、待合室の時計を見てそう答えると、

「そうなんだ。じゃあ、今は省吾一人なのね？」

と、知香がフロントのキャッシュトレイにお金を置きながら尋ねてくる。

「はい。まぁ、お客さんも希美さんを除いて男湯に二人、女湯に一人しかいないし、もう受付も終了なんで僕だけでも大丈夫なんですけど」

省吾が肩をすくめながら応じると、彼女は「ふーん」と妖しげな笑みを口元に浮かべ、女湯の脱衣所に入った。

それを見てから、省吾は外に出て「本日は終了しました」と書かれたプレートを玄関の引き戸にかけた。また、駐車場の看板の照明も消して、閉店したと遠目からも分かるようにする。こうしておけば、もう新たに客がやってくることはない。

作業を終えた省吾がフロントに戻ってきて間もなく、男湯の二人の客と先に女湯にいた客が次々に出てきた。そして、省吾と軽く会話をして退店する。

（ふぅ。これで、残るは希美さんだけか。って、希美さんと二人きり……）

そう意識すると、初日に希美に白く大きなふくらみの上半分を見せつけられているせいもあり、自然に胸が高鳴ってきた。

ただし、あれからも多少からかわれたりすることはあったが、色仕掛けのような真似はされていない。巨乳の美人ライターも、さすがにいささかやりすぎた、と思ったのだろうか？

そんなことを、省吾が漫然と考えていたとき。

『ちょっと、省吾!?　早く来てくれない？』

やや焦《あせ》ったような希美の声が、女湯のほうから聞こえてきた。

「えっ？　いや、女湯に入るのは、ちょっと……」

『いいから！　あれを早くどうにかして！』

省吾の言葉を遮るように、彼女の悲鳴に近い声がする。

（あれ？　ああ、もしかして黒いアイツが出た？）

奴が、浴室または脱衣所に現れたのだとしたら、女性がパニックになるのも無理はあるまい。

まだ寒いこの時期でも、銭湯の中は非常に暖かいので奴が姿を見せるのは、充分にあり得る。もちろん、「野上の湯」でも対策は採っているのだが、イレギュラーな一匹程度を防ぎきるのは、なかなか難しい。

「ええと……それじゃあ、そっちに入りますけど、ちゃんと身体を隠して、できれば僕の視界に入らないところにいてください」

そう声をかけると、省吾はフロントを出て、掃除道具の収納棚から殺虫剤と箒《ほうき》とちり取りを取り出した。

本来であれば営業中に、しかも客がいるのに男性従業員が女湯に入るなど、よほどの緊急事態以外あってはならないことだ。だが、知香がいない以上、自分がやるしかあるまい。

そんなことを思うと、さすがに緊張を覚えずにはいられなかった。それに、初日に見せつけられた美人ライターのバスタオル姿が、再び脳裏に甦《よみがえ》ってしまう。

(ええい。これは仕事だ。仕事、仕事、仕事……)

と、どうにか気持ちを落ち着けると、省吾は女湯の暖簾をくぐって脱衣所に入った。

だが、そこに希美の姿はなかった。また、例の黒いアイツがいる気配もない。

『省吾、こっちよ』

浴室のガラス戸の向こう側から、美人ライターの声が聞こえてきた。

(げっ、浴室か。それは、さすがに……)

省吾は、これ以上先に進むことに躊躇《ちゅうちょ》を覚えずにはいられなかった。

営業前の掃除などで、無人の女湯に何度か入ったことはあるが、今は希美がいるのだ。それなのに足を踏み入れるなど、童貞にはハードルが高く思えてならない。

ただ、今はこういうトラブルも自分が処理するしかない状況である。まったく、ここまで一度もなかったことが、よりにもよって知香がいないタイミングで起こるとは。

（それにしても、希美さんもアイツが浴室に出たんだったら、脱衣所に避難していればいいのに）

と思ったものの、目を離すとどこへ行ったか分からなくなるため、希美が恐怖心を堪《こら》えて監視してくれている、という可能性はある。

「そ、それじゃあ……失礼します」

意を決して、省吾は女湯の浴室に通じる引き戸を開けた。

そうして、省吾が遠慮がちに女湯に足を踏み入れたとき、不意に横からガバッと誰かが抱きついてきた。

もちろん、他に人がいないのだから、それが巨乳の美人ライターなのは当然である。ただ、突然のことだったため、省吾は「うわっ」と驚いて殺虫剤や箒などを床に落としてしまう。

「省吾、捕まえたぁ」

妖しげな笑みを浮かべながらそう言った希美が、腕に力を込める。

彼女は、身体にバスタオルを巻いただけの姿だった。その格好で抱きつかれ、しかも腕に力を入れられると、タオル越しでもふくらみの感触や女体の体温がしっかりと伝わってくる。

（の、希美さんのオッパイ……すごい。柔らかいのに、弾力があって……）

省吾の意識は、たちまち乳房が当たっている部分に向いて、それ以外のことがすべて頭から吹き飛んでしまった。

異性との交際経験や風俗経験がない真性童貞なので、当然と言えば当然だが、省吾は物心がついてから女性の乳房の感触をこのような形で感じたことがなかった。もちろん、一緒に働いていると仕事中に手や身体が偶然、知香のふくらみに軽く触れることはある。だが、胸の感触がはっきり分かるような強さではなかった。

ましてや希美は今、バスタオルを身体に巻いただけで、ブラジャーすらしていないのだ。しかも、こちらは半袖のTシャツ姿である。そのため、ふくらみの感触がほとんどダイレクトと言っていいくらい、腕からしっかりと感じられた。

そんな初めての感触に、省吾の牡《おす》の本能が反応し、股間に自然に血液が集まってしまう。

「ふふっ。省吾ぉ？　生オッパイの感触は、どうかしらぁ？」

と、希美が甘い声で訊いてくる。

そこでようやく、省吾は我に返った。

「あっ。あ、あの……希美さん？　黒い奴とか出たんじゃ？」

「うふっ、やっぱりそう思った？　嘘よ。ああすれば、きっと省吾が来ると思って」

省吾の問いかけに、美人ライターが悪戯っぽい笑みを浮かべて応じる。どうやら、彼女の演技にすっかり騙《だま》されてしまったらしい。

ただ、予想外の回答に省吾は混乱を覚えずにはいられなかった。

「な、なんのために、そんなことを？」

「あら、本当に分からないの？　もうお客さんが来ない時間の銭湯で、男と女が二人きり。それで女が男を誘ったら、やることは一つしかないじゃない？」

そう言われて、省吾も巨乳の美人ライターがいったい何をしようとしているか、ようやく悟ることができた。

「えっ？　ええっ!?　でも、なんで？　僕たち、まだ数回しか顔を合わせてないし、話だって少ししか……」

「そんなの、関係ないわよ。あたし、初対面の相手と、会ったその日にセックスしたこともあるし」

動揺する省吾に対し、希美があっけらかんとなかなか衝撃的なことを口にした。

どうやら、彼女の貞操観念は相当に低いらしい。

そんな思いが顔に出てしまったのか、希美は少し恥ずかしそうに言葉を続けた。

「あたしね、以前は男なんて、身体を許せばお金をくれたりご飯をおごってくれたりする都合のいい財布、くらいにしか思っていなかったのよ。だけど、二年前に結婚を考えるくらい本気で好きになった人が、イケメンなのにとんでもない詐欺師で、さんざん貢《みつ》がされた挙げ句に一年で捨てられてさ。そのときに、自分が今まで男の人たちにどれだけ酷《ひど》いことをしてきたか気付いて、男遊びはスッパリやめたわ。ただ、あの詐欺師のせいで借金を抱えて、それを返すため必死になって仕事をしていたら、オーバーワークで腰をやっちゃったのよ」

なんとも予想外の過去話に、省吾は言葉もなかった。

ただ、彼女ほどの美貌とスタイルの持ち主なら男にチヤホヤされるのも当然だろうし、そのため価値観がおかしくなっていたというのは、なんとなく理解できた。それが、詐欺に遭《あ》って正常に戻ったのだろう。

「このS町に引っ越してきたのは、何年か前に来たときの静けさが気に入っていて、のんびり腰の療養ができそうって思ったのもあるけど、ここなら昔の知り合いもいないし出直すにはちょうどいいかなって思って。それに、家賃とか物価も安いから暮らしやすいしね。『野上の湯』は、想定外の掘り出し物だったけどね。おかげで、予想より早く仕事を再開できたし」

と、言葉を続けた希美が、悪戯っぽい笑みを浮かべる。

「だけど、男遊びをやめたんだったら、どうしてこんなことを……？」

「やめたからって、性欲がなくなったわけじゃないのよ。こっちに来る前から、一人で処理していたけど、やっぱりなんか物足りなくて……だから、省吾と二人きりって分かったら、なんだか身体に火がついちゃってさぁ」

と言って、希美がバストをより強く押しつけてくる。

するど、ふくらみが腕でフニュンと潰れて、弾力と柔らかさを兼ね備えた感触がいっそうはっきり伝わってきた。それに、彼女と省吾の身長差は四センチほどしかないため、抱きつかれると顔がかなり接近する。

（うわっ。すごっ……タオル越しでも、オッパイの感触がすごくよくて……直接触ったら、どれだけ手触りがいいんだろう？　それに、いい匂いがして……）

真性童貞とはいえ、省吾にも性欲は人並みかそれ以上にあった。実際、大学在学中はアダルト動画やエロ漫画の類《たぐい》をしばしば見て孤独な指戯《しぎ》に耽《ふけ》っていたくらい、生の女体に対する好奇心を持っていたのである。

また、知香に対してムラムラする気持ちも、「嫌われたくないから」とずっと懸命に我慢して、自宅で発散していたのだ。

それだけに、このようにふくよかな乳房の感触と肉体の熱、さらに女性の芳香まで感じていると、牡の本能が強烈に刺激されてしまう。

「ねぇ、省吾ぉ？　あたしと気持ちいいこと、したくなぁい？」

こちらの動揺を見抜いたらしく、希美が媚《こ》びるような視線を向けながら、耳元に口を近づけて艶《なま》めかしい声で言う。

「で、でも、それは……」

「うふっ。チン×ン、ズボンの奥でそんなに大きくしているのに、我慢することないんじゃなぁい？」

なおもためらう省吾に対し、彼女がそう言って股間に手を這わせてきた。

そうして、ズボン越しに勃起に触れられただけで性電気が生じて、省吾は「はうっ」と声を漏らし、おとがいを反《そ》らしてしまう。

「省吾、童貞よね？　って言うか、普段の態度やこの反応からして、童貞じゃないって言われても信じないけど」

手で一物をサワサワしながら、希美がそんなことを言う。

もっとも、省吾のほうは分身からもたらされる心地よさと指摘に対して素直に頷く気恥ずかしさで、口を開くのもままならなかったのだが。

しかし、それだけで肯定と察したらしく、彼女はさらに言葉を続けた。

「ねえ？　あたしは別に、キミと付き合いたいとか、強引に関係を持って責任を取ってもらおうとか思っていないのよ。単に、ご無沙汰だから欲求不満を解消したいだけ。そっちは童貞を卒業して、しかも女性経験を積める。お互いに、メリットしかないと思わない？」

このように言われると、省吾も返す言葉が思いつかなかった。ただ、ここで美人ライターと関係を持つことは知香への裏切り行為になるのではないか、という罪悪感に似た気持ちが、どうしても拭《ぬぐ》いきれない。

「ああ、省吾が知香ちゃんのこと好きなのは分かっているわ。でもね、知香ちゃんは間違いなく処女だけど、童貞が処女とするのはけっこう大変なのよ。先のことを考えたら、あたしと経験しておいたほうがいいんじゃないかしらぁ？」

と、希美がこちらの心理を読んだように言う。

(確かに、もしも知香ちゃんと付き合うことになったとして、童貞のままだったらいざってときに頭が真っ白になって、失敗するかもしれないし……)

初体験がお互いの苦い思い出になった場合、果たして童顔の幼馴染みと変わらずに付き合えるだろうか？　いや、おそらく気まずくなって距離を取り、また疎遠になってしまう気がする。

そういう事態を考えると、彼女の言葉にも一理あるように思えてきた。

(じゃあ、首を縦に振れば……いや、だけどお客さんの希美さんとエッチするのは、さすがにマズイ気も……)

省吾が、なおそんなためらいの気持ちを抱いていると、業《ごう》を煮やしたのか希美が素早く前に回り込んできた。そして、頬を両手で押さえるなり唇を重ねてくる。

突然のことに、省吾は「んんっ!?」と驚きの声を漏らしていた。同時に、思考回路が一瞬で停止してしまう。

「んっ。んむ、ちゅぶ、んちゅ……」

声をこぼしながら、希美がついばむようなキスをしだす。

すると、唇の接点から得も言われぬ心地よさがもたらされた。

省吾がその快感に浸《ひた》っていると、彼女は間もなく動きを止めた。そして、今度は舌を口内にねじ込んでくる。

「んじゅ……んむ、んじゅぶ……んむる、じゅぶぶ……」

美人ライターの舌が、こちらの舌を絡《から》め取るように這い回る。すると、舌同士の接点から予想以上の性電気が発生した。

それに何より、これだけ女性と密着すると、その体温も体臭もはっきりと分かる。今までも、知香の残り香にドキドキしていたが、こうして女体の熱や匂いをより強く感じると、興奮が抑えられなくなってしまう。

（ああ、キスが気持ちよくて……いい匂いがして……）

省吾は、いつしか彼女のなすがままになり、もたらされる性電気の心地よさに酔いしれていた。

3

ひとしきり舌を絡ませると、希美がようやく唇を離した。

「ぷはあっ。どうかしら、初めてのキスは？　って、その様子じゃ答えられそうにないわねぇ。ふふっ」

と、美人ライターが妖《あや》しげな笑みを浮かべる。

実際、省吾の頭の中は予想外に濃厚なファーストキスの衝撃と心地よさのせいで、すっかり真っ白になっていた。ただ、牡の本能も刺激されていて、気持ちいいキスが終わってしまったことへの無念さも感じている。

「省吾ぉ？　まさか、キスだけで満足してないわよね？　これからが、本番なんだからぁ」

そんなことを言って、希美がバスタオルをはだけた。そして、タオルを床に落として裸体を晒《さら》す。

（は、裸……女の人の……）

思考回路がショート状態だった省吾は、一糸まとわぬ女体についつい目を奪われていた。

もちろん、写真や映像では女性のヌードを見ているし、子供の頃には知香と一緒に入浴したこともある。とはいえ、性を強く意識するようになってから生の異性の裸体を見たのは初めてだ。

希美のほうは、さすがに慣れているらしく裸を隠そうとせず、むしろ見せつけるように立っていた。当然、大きなふくらみとその頂点にある少し大きめのピンク色の乳輪と乳首、さらには股間の黒い茂みまで丸見えである。

ただ、釣り鐘形の巨乳と細いウエストに、ふくよかなヒップのバランスが非常によく、裸のほうが彼女の魅力がいっそう引き立っている気がしてならない。それに、股間の割れ目をうっすら隠すように、やや無造作に生えている恥毛も目を惹く。

合法的なアダルト動画やエロ漫画では、モザイクや墨で消されている部分を、こうして生で見る機会が、まさかこのような形で訪れるとは。

もちろん、銭湯で働いているのだからハプニングで女性の裸を目にする、という漫画などのお約束のようなシチュエーションを、まったく期待していなかったと言ったら嘘になる。だが、このような形は想像の埒外《らちがい》だ。

省吾が呆然と見とれている間に、希美はこちらに近づいてきて足下に跪《ひざまず》いた。

「キミのここ、とっても苦しそう。今、出してあげるからねぇ」

楽しそうに言いながら、彼女がズボンのベルトに手をかける。そして、ベルトとボタンを外してファスナーも開けると、ズボンを床に落とした。

省吾のほうは、まだ思考がまともに働かず現実感がないため、抵抗することも逃げることもできずに、されるがままになるしかない。

希美は、ためらう素振りも見せずに露出したトランクスに手をかけた。そうして、これも一気に引き下げて省吾の下半身を露《あら》わにする。

すると、当然の如く解放された一物《いちもつ》が天を向いてそそり立つ。

「きゃっ。すごっ……」

ペニスを目にした途端、美人ライターが驚きの声をあげて目を丸くした。

先ほどの話だと、希美は男性経験が豊富だということだった。そんな彼女の意外な反応に、ただでさえ混乱中の省吾はますます困惑してしまう。

「あっ、驚かせちゃった？　ゴメンね。でも、本当にビックリしたんだもの。だって、このチン×ン、あたしが今まで見た中で一番大きいから」

こちらの戸惑いに気付いたらしく、希美が笑みを浮かべて言い訳がましく言った。

(僕のチ×ポって、そんなに大きかったのか？)

意外な指摘を受け、そんな思いが朦朧《もうろう》とした頭によぎる。

もっとも、他人と勃起の大きさを比べたことなどないので、自分では分からないのも仕方がない気はするが。

「それにしても、これは嬉しい誤算ね。うふふ、なかなか愉《たの》しめそう。それじゃあ、少し横に移動して、壁に寄りかかって」

そう指示を出された省吾は、何も考えられずに彼女の言葉に従っていた。

こちらの動きに合わせて、美人ライターも一緒に移動する。そして、省吾が壁に寄りかかると一物に手を伸ばして、竿を優しく握ってくる。

自分の手とは異なる柔らかな感触に分身を包まれた瞬間、甘美な性電気が脊髄《せきずい》を貫《つらぬ》き、省吾は「ふあっ」と声を漏らしておとがいを反らしていた。

手というパーツは同じでも、他人に、いわんや女性に握られると、自分でするのとは違う予想外の快感がもたらされる。

「ふふっ。やっぱり、いい反応。なんだか、ちょっと苛《いじ》めたくなっちゃうけど……すぐに、気持ちよくしてあげるからねぇ」

そう言うと、希美はゆっくりと竿をしごきだした。

「はうっ！　くっ、あううっ……！」

彼女の手つきは、自分の手よりも優しく、動きも控えめだった。しかし、もたらされる心地よさは比べものにならないほど強烈で、どうしても声を我慢できない。

「省吾、すごく気持ちよさそう。はあ。熱くてすごくたくましいチン×ンが、ヒクヒクしているのが伝わってきてぇ……ああ、こうしているだけで、あたしも我慢できなくなっちゃう」

そう言って舌なめずりをすると、希美は亀頭に顔を近づけた。そして、ためらう様子もなく先端部に舌を這わせてくる。

途端に、今まで感じたことがない鮮烈な刺激が発生して、省吾は「ふああっ！」と声をあげてのけ反っていた。

舐《な》められただけで、これほどの快感が生じるとは、まったく予想外である。

「んっ。レロ、レロ、チロロ……」

巨乳の美人ライターは、こちらの反応に構うことなく、亀頭をネットリとした舌使いで舐め回しだした。ただ、尿道口は巧みに避けており、その周辺からカリにかけて舌を這わせてくる。

ひとしきり先端部を舐めると、彼女はいったん舌を離した。そして、今度は竿を持ち上げると裏筋を舐めだす。

「レロロ……レロ、ンロ……」

「くうっ、それっ……はうっ、ああっ……！」

初めての行為でもたらされた心地よさに、省吾はただひたすら喘《あえ》ぐことしかできなかった。

(うああ！　し、舌が……これが、実際のフェラチオ。気持ちよすぎて、頭がおかしくなりそうだよ！)

アダルト動画などではお約束の行為なので、フェラチオ自体は省吾も見知っていたし、女性にされることを何度となく妄想してきた。

しかし、現実にされてもたらされる快感は、想像を遥かに上回っていた。もっとも、希美のテクニックが巧みというのも、大きな要因なのかもしれないが。

とにかく、分身を這う軟体物の感触と、それが動くたびに肉棒から発生する性電気といった初めての感覚に、真性童貞の脳はたちまち処理能力の限界を超えてしまう。

ところが、彼女はこちらの状態を見ながら、いったん舌をペニスから離した。

唐突に快感の注入が止まって、省吾は思わず「えっ？」と間《ま》の抜けた声を漏らす。

だが、こちらの様子に構わず美人ライターは「あーん」と口を大きく開け、ゆっくりと亀頭を口に含みだした。

「ふおおっ！　そ、それっ……はううっ！」

陰茎《いんけい》から生じた新たな心地よさに、省吾はまたしてもおとがいを反らし、自分でも情けなくなるような声を浴室に響かせていた。

一物を口に含まれる感触は、手で包まれるのとはまったく異なるものに思えてならない。しかも、希美がことさらノロノロと口に入れているため、快感と焦《じ》れったさが同時にもたらされるのだ。これは、初体験の人間にはいささか強すぎる刺激と言える。

彼女は、根元近くまで肉棒を咥《くわ》え込んだところで動きを止めた。それから、「んふっ」と小さな声を漏らして、確認するようにゆっくりとしたストロークを開始する。

「んっ……んじゅ……んむっ……じゅぶ……じゅぶる……」

「はああっ！　これはっ……はうっ、ああっ……！」

ペニスからもたらされた鮮烈すぎる快感に、省吾は先ほど以上に甲高《かんだか》い声を浴室に響かせていた。

ストロークのたびに、手でしごくのとは違った甘美な刺激が生じる。その心地よさは、想像していたよりも何倍も強烈に思えてならない。

「じゅぶぶ……んっ、んふっ、んむむ……」

希美は、さらに口をすぼめるようにして、音を立てながら動きを少しずつ速めていった。すると、いっそうの快感が肉茎から脊髄を伝わって脳を灼《や》く。

壁に寄りかかっていなかったら、腰が砕けてへたり込んでいたかもしれない。もっとも、美人ライターはそれを見越して、この体勢を指示したのだろうが。

ところが、省吾がその悦楽に酔いしれそうになったところで、彼女は「ぷはっ」と声をあげて一物を口から出してしまった。

そのため、温かな口内から分身が解放されて、一抹《いちまつ》の寂《さび》しさが込み上げてくる。

「ふふっ、先走りが出て……省吾、もう出ちゃいそうなんだぁ？」

希美がからかうような口調で、そんなことを言う。

彼女の指摘どおり、既にペニスの先端からは唾液《だえき》とは異なる透明な液が溢《あふ》れだしていた。正直、あと数回ストロークを続けられたら、あっさり暴発していただろう。

「その、すみません……」

いささか情けなくなって、省吾はつい謝っていた。

もっとも、昨日は自慰をしていなかった上に、初のフェラチオを経験しているのだ。我慢できないのも、仕方があるまい。

「あ、こっちこそ気にしたんならゴメンね。初めてなんだから、早いのは当然よ。それに、フェラで気持ちよくなってくれているってことなんだから、あたしも嬉しいわ。じゃあ、このまま顔に出させてあげるわね」

と言うと、彼女は手で竿をしごきながら、カウパー氏腺液を舐め取るように先端に舌を這わせてきた。

「レロ、レロ……チロロ……ピチャ、ピチャ……」

そうしながら、希美は空いている手で自身の股間を弄《いじ》りだす。

「んふっ、レロロ……んっ、あっ、ピチャ、ふあっ、チロ……」

よほど感じているらしく、自慰を始めるなり彼女の舌の動きが大きく乱れた。

しかし、それがイレギュラーな刺激を生みだし、予想外の快感がペニスからもたらされる。

（ああっ、ヤバイ！　これっ。このままじゃ、本当に希美さんの顔に……）

もちろん、顔射という行為があることは、アダルト動画などで知っている。ただ、映像などで見て興奮するのと、実際に自分がするのとでは大違いだ。

ましてや、見知った相手の顔を精液で汚すなど、いくら相手が望んでいるとしても抵抗を覚えずにはいられなかった。

だが、この快感は堪《た》えられるものではない。

「くあっ……も、もう……出る！」

たちまち限界に達した省吾は、そう口走るなり巨乳美人ライターの顔面をめがけて白濁《はくだく》のシャワーを浴びせていた。

4

「はぁ～。濃いのが、いっぱい出たわねぇ。ふふっ、シャワーで流すのも大変。排水溝が、詰まっちゃわないかしら？」

顔に付着したスペルマをシャワーで洗い流した希美が、恍惚《こうこつ》とした表情を浮かべながらそんなことを口にする。

「その……すみません、顔に思い切りかけちゃって」

「気にしないで。顔射は慣れているし、あたしが望んだことだもの。それに、あたしのフェラで感じてくれて嬉しかったんだから、謝られるとかえって困っちゃうわ」

省吾の謝罪に、美人ライターが肩をすくめながら応じる。

こうして見る限り、彼女は本当に気にしている様子がまったくない。それに、確かに相手が望んだ行為なのにこちらが謝罪するのは、かえって失礼かもしれない。

「はぁ、ザーメンの匂いで、あたしも身体が火照《ほて》ってきちゃった。だけど、いきなり本番っていうのもなんだし、省吾にもしてもらおうかしら？」

「えっ？　するって、何を？」

美人ライターの言葉に、省吾は疑問の声をあげて首を傾げていた。

「もちろん、愛撫よ。省吾も、あたしのオッパイを触ってみたいんじゃない？」

からかうようにそう言われると、心臓が大きく高鳴る。

確かに、ここで挿入するとふくらみの感触を堪能しないままになってしまう。せっかく、希美ほどの巨乳美女としているのに胸を愛撫しないなど、あまりに勿体《もったい》ないと言わざるを得ない。

「えっと……はい」

少し迷ったものの、省吾は首を縦に振った。

一発抜いてもらったものの、それだけで賢者モードになってしまうほど、省吾は枯れていなかった。それに、ここまでされて満足するような醒《さ》めた性格でもない。

もちろん、知香への思い故の罪悪感がなくなった、と言ったら嘘になる。だが、彼女とは兄妹同然の幼馴染みという関係から先に進んでいないのだ。交際しているなら、浮気を気にして拒《こば》んでいただろうが、今は極めてレベルの高い据《す》え膳《ぜん》が目の前にあるのを見過ごす理由が特に思い浮かばない。

すると、希美が床に身体を横たえた。

「さあ、省吾？　こっちに来て。オッパイを、揉《も》んでいいわよぉ」

そう促されて、省吾は「は、はい……」と彼女にまたがった。そして、両手をふくらみに伸ばしてムンズと摑《つか》む。

それだけで、美人ライターの口から「んああっ」という甘い声がこぼれる。

途端に、温かさと共に弾力と柔らかさを兼ね備えた不思議な感触が手の平いっぱいに広がって、省吾も思わず「うわぁ」と声を漏らしていた。

さらに、力を入れてみると、予想していたよりもあっさり指全体がふくらみに沈み込んでいく。

（こ、これが希美さん……女性のオッパイの手触りか。なんなんだ、これは？）

省吾は、そんな驚きを隠せずにいた。

もちろん、アダルト動画などを見ているときに、乳房の触り心地は何度となく想像していた。しかし、若干柔らかさが勝《まさ》りながらも指の力を抜くとすぐに押し返してくる実物の感触は、妄想では知り得なかったものである。

それがなんとも面白く思えて、省吾はふくよかなバストを夢中になって揉みしだき、初めての手触りを堪能していた。

「んあっ、省吾っ、あんっ、興奮するのもっ、んんっ、分かるけどぉ。んはっ、最初はっ、んんっ、もっと優しく揉んでぇ」

喘ぎながら、希美がそんなことを口にする。

そこで省吾は、自分がついつい力任せにふくらみを揉みしだいていたことに気付き、慌てて手を離した。

「あっ。す、すみません」

「いいのよ、初めてなんだから。だけど、気をつけてね。慣れているあたしだって、いきなり力一杯揉まれたら、あんまり気持ちよくならないから。さあ、もう一度」

さすがは経験者の余裕と言うべきか、美人ライターは怒る様子もなく優しくやり直しを促してくれる。

そこで省吾は、「はい……」と応じてから、いったん大きく深呼吸をして昂《たかぶ》りをどうにか抑えた。そうして、改めて彼女の乳房を摑み、力加減に気をつけながら改めて揉みしだきだす。

「んっ……あっ、そうっ、んはっ、最初はっ、んんっ、それくらいでぇ……あんっ、あたしはっ、んふうっ、もう少し強くしても、ふあっ、平気よぉ」

愛撫に合わせて喘ぎながら、希美がそんなことを言う。

(もう少し強く……これくらいかな?)

と、省吾が指の力を強めると、彼女は「ふああっ」と甲高い悦《よろこ》びの声を浴室に響かせた。

「いいわぁ、あんっ、省吾ぉ。んふうっ、その調子ぃ、ああっ、初めてにっ、あふっ、してはぁ、はううっ、上手よぉ。あっ、はううっ……」

美人ライターが、こちらの愛撫に嬉しそうな声をあげる。

どうやら、一応は感じてくれているらしい。

そうして省吾は、円を描くような手つきでバストを揉みしだき続けた。

(これくらいで……ああ、希美さんのオッパイ、本当にすごくいい手触りだ。このまま、ずっと揉んでいたいくらいだよ)

そんな思いが、省吾の心に湧き上がってきたとき、

「あんっ、そろそろぉ。んはっ、乳首もっ、ああっ、摘《つ》まんでっ、あんっ、弄ってぇ。はうっ、ああっ……」

と、希美が新たなリクエストを口にした。

そう言われて改めて見ると、ふくらみの頂点にある突起が先ほどまでより存在感を増していた。変化にまったく気付かなかったのは、それだけこちらがバストの感触に夢中になっていたせいだろう。

省吾は、いったん乳房から手を離し、それから両胸の乳頭を同時に優しく摘まんだ。

「んああっ！　そこぉ！」

途端に、美人ライターがおとがいを反らして甲高い声を浴室に響かせる。

(うわぁ。乳首って、本当に敏感なんだな)

という驚きを覚えつつ、省吾は突起をクリクリとダイヤルを回す要領で弄りだした。

「ああんっ、それぇ！　はううっ、いいぃぃ！　はうっ、あんっ、乳首っ、ひゃうっ、すごくっ、はああっ、気持ちいいのぉ！　あんっ、はああっ……！」

指の動きに合わせて、希美が先ほどまでより一オクターブ高い、悦びに満ちた声を張りあげる。

そんな彼女の姿を見ていると、挿入への欲求が心の奥底から湧き上がってくる。

「ああっ、省吾ぉ！　あんっ、オマ×コッ、はううっ、触ってみてぇ！」

こちらの欲望に気付いたのか、美人ライターが喘ぎながら新たな指示を出す。

そこで省吾は、いったん愛撫をやめて乳首から指を離した。そして、片手を彼女の下半身に這わせてみる。

すると、指にクチュリと生温かい蜜が絡みついてきた。

「うわっ！　すごく濡れて……」

省吾は、思わず驚きの声をあげていた。

女性が感じると濡れる、と知識では知っていたが、予想していた以上の溢れ具合である。何より、水よりもやや粘り気のある液体が指にまとわりつく感触が、牡の本能を刺激してやまない。

「んあっ。あたしも、他の人にされるのが久しぶりだから、ちっとも我慢できなかったのよぉ。ああ、もうこれ以上は抑えていられないわぁ。ねえ、省吾？　早く、その大きなチン×ン、オマ×コに挿《い》れてぇ」

と、希美が甘い声で訴えてくる。

「い、挿れ……ゴクッ」

彼女の言葉の意味をすぐに悟って、省吾は言葉と一緒に生唾《なまつば》を呑み込んでいた。

実際の経験がないとはいえ、何をどうするのかという知識は、アダルト動画やエロ漫画などで見知っている。もちろん、自分が現実にする日を、ずっと夢見ていた。

ただ、これが銭湯で働く前ならまだしも、今の状況で知香以外の女性と初体験をすることには、今さらながらためらいの気持ちが湧いてくるのを禁じ得ない。もっとも、牡の本能がここまで高まっている以上、やめることなどできっこないのも紛《まぎ》れもない事実だった。

そもそも、拒まれたのならともかく向こうから挿入をせがまれたのに、こちらが躊躇する理由などないだろう。

そんな言い訳を心の中でしながら、省吾は身体を起こした。

すると、美人ライターが自ら脚をM字に広げ、指で秘裂を割り開いた。

「省吾ぉ、ここよぉ。ここに、そのいきり立ったモノを早くちょうだぁい」

艶めかしい声でそう誘われて、省吾は「は、はい」と応じて彼女の脚の間に入った。

そして、緊張を覚えながらもペニスを握り、先端を広げられた割れ目にあてがう。

亀頭の先が触れた途端、希美が「あんっ」と甘い声を漏らし、同時に肉棒に性電気が生じた。フェラチオで出していなかったら、この瞬間に暴発していたかもしれない。

「ゴクッ。じゃ、じゃあ、いきます」

と、再び生唾を呑み込んでから、省吾は腰に力を込めた。

すると、思っていた以上にあっさりと陰茎が秘裂に入り込んでいく。

「んはああっ！　入ってきたぁぁ！」

割れ目から指を離しつつ、美人ライターが歓喜の声を浴室に響かせる。

（ああ、すごい。チ×ポが、生温かくてヌメったところに、どんどん包まれていく）

事前に一発出していなかったら、この心地よさに耐えきれず、確実に挿入途中で射精していただろう。

そんなことを思いつつ、省吾はさらに奥へと進んでいった。

そして、とうとうペニスが根元まで入って、これ以上は先に進めなくなった。

「ふはあああ……やっぱり、省吾のチン×ンすごいわぁ。挿入しただけで、奥まで届いて子宮口に当たっているの、はっきり分かる。それに、オマ×コが内側から広げられちゃってぇ。こんなに大きなチン×ンを挿れられたの、あたしも初めてよぉ」

恍惚とした表情で、希美がそんなことを口にする。それから、彼女は笑みを浮かべてこちらを見た。

「ふふっ、これで童貞卒業ね？　初めての女の中は、どうかしらぁ？」

「あ、あの、その……」

美人ライターの問いかけに、省吾は言葉を発するだけで精一杯になって、それ以上のことを口にできなかった。

何しろ、一物から伝わってくる初めての心地よさや熱のせいで、思考回路がショートして頭が真っ白になってしまったのである。正直、童貞を卒業したという事実すら、言われるまで忘れていたくらいだ。

（これが、本物のオマ×コの中……すごく温かくて、チ×ポに絡みついてきて、こうしているだけで気持ちいい……）

ずっと想像するしかなかった感触を、こうして生で実際に感じる日が、まさかこれほど早く訪れるとは、まったく思いもよらなかったことである。

「省吾ぉ？　感動するのも分かるけど、挿れるだけがセックスじゃないのよ？　そろそろ動いてちょうだぁい」

と希美に声をかけられて、省吾はようやく我に返った。

「あっ。は、はい。それじゃあ……」

そう応じて上体を起こし、彼女の腰を持ち上げて抽送《ちゅうそう》を開始する。

「んっ……あっ、はうっ……んんっ……」

ピストン運動に合わせて、美人ライターが小さな喘ぎ声をこぼしだした。だが、愛撫のときほど感じている様子がない。

（あ、あれ？　なんか、上手《うま》く動けないぞ？）

省吾は、内心でそんな焦りを覚えていた。

アダルト動画の男優は、もっとスムーズな腰使いだったが、実際にしてみるとこれが意外に難しい。何しろ、大きく動かそうと腰を引けばペニスが抜けそうな気がして、なかなか思うようなリズムで抽送できないのだ。

「んあっ。省吾、んはっ、ちょっとストップ」

こちらのぎこちなさを見かねたのか、希美がそう声をかけてくる。そのため、省吾は言われたとおりに動きを止めた。

「すみません、その……上手にできなくて」

「初めてなんだから、仕方がないわよ。それより……うん、そうね。いったんチン×ンを抜いて、省吾が床に寝そべってくれる？　あとは、あたしに任せてちょうだい」

と、彼女が慰めるように言う。

省吾は「はい」と頷き、指示に従って腰を引いて一物を抜いた。そして、床に身体を横たえる。

するると、入れ替わるように身体を起こした美人ライターが、すぐに腰にまたがってきた。それから、自身の愛液にまみれた陰茎をためらう様子もなく握ると、先端部と秘裂の位置を合わせる。

「それじゃあ、挿れるわねぇ」

楽しそうに言うと、彼女は迷うことなく腰を沈めだした。

「んはああっ！　大きいのっ、また入ってくるぅぅぅ！」

悦びに満ちた声を浴室に響かせながら、希美はさらにペニスを呑み込んでいく。

やがて、彼女の股間と省吾の股間が一分の隙もないくらいピッタリとくっついて動きが止まった。

「ふはああ……これぇ、子宮が押し上げられてぇ……やっぱり、すごいわぁ」

陶酔した表情を浮かべて、美人ライターがそんな感想を口にする。

それから彼女は、省吾の腹に手を置いた。

「省吾ぉ、腰を動かすときは無理に引こうとしないで、奥を突くことだけ考えたほうが意外と楽なのよぉ。こうやって……んっ、あっ、あんっ……」

アドバイスを口にしつつ、希美が上下動を始める。

すると、リズミカルな動きによって、自分でしたときとは桁違いの快感が一物からもたらされ、省吾は「ふああっ」と声を漏らしていた。

「んあっ、今はっ、あんっ、床がっ、んはっ、硬いからっ、あんっ、控えめだけどっ、ふあっ、こうやってっ、んはっ、押しつけるようにっ、ふあっ、するだけでぇ！　あんっ、子宮っ、ふああっ、刺激されるのぉ！　あっ、はあんっ、ああっ……！」

抽送で喘ぎながら、美人ライターがそんなことを言う。

なるほど、確かに彼女は腰を下げるときにだけ力を入れていて、引くような動きをまったくと言っていいほどしていなかった。

もちろん、今は硬い床でしているので、彼女もベッドや布団と違って動き方に気を使っているようである。もしも、下が弾力のあるものであれば、もっと大胆な動きをしていたのだろう。

ただ、それでも充分な心地よさが一物からもたらされた。騎乗位でこれだけ気持ちよくなるということは、正常位など男性が主体的に動くときも同じようにすれば、快感を得られるのは間違いあるまい。

とにかく、ペニスに絡みついてくる膣肉の刺激が、何よりも心地よかった。そうして生じた性電気が脳を灼き、省吾の理性を奪い去っていく。

加えて、希美が上で動くたびに胸がタプタプと揺れるのが、なんとも煽情《せんじょう》的に思えてならない。

（ああ……これが、本当のセックス……）

ずっと想像するしかなかった行為の現実の心地よさに、省吾はすっかり酔いしれていた。この快楽を知ってしまったら、もう孤独な指戯で満足することなどできなくなるのではないか？

「はあっ、いいっ！　あっ、省吾のっ、あんっ、チン×ンッ、ああっ、動くたびっ、はうっ、子宮口っ、あううっ、ノックしてぇ！　はああっ、とってもっ、あんっ、いいのぉ！　はうっ、あんっ、あんっ……！」

希美が、そんな声を浴室に響かせながら、腰の動きを次第に速く大きくする。

もはや彼女も、ビギナーへの指導どころではなくなってしまったらしい。

「はあっ、あんっ、ああんっ、もうっ！　はああっ、これ以上はぁ！」

少しして、希美が甲高い声をあげるなり、上体を前に倒して省吾に抱きつくような体勢になった。

すると、大きなバストが胸元に押しつけられ、さらに女性の匂いが強まって新たな興奮が自然に湧き上がってくる。

そうして、彼女は抱きついたまま腰だけ激しく動かしだした。

「あっ、あんっ、これっ、はうっ、いいっ！　あんっ、あんっ、はううっ……！」

抽送しながら喘ぐ美人ライターの声が、省吾の耳元で聞こえてくる。それがペニスからの快感と相まって、いっそうの昂りを生みだす。

「ああっ、もうっ、あんっ、あたしぃ！　はあっ、イキそう！　あんっ、久しぶりっ、はううっ、だからぁ！　あんっ、我慢できないぃぃぃ！　はあっ、ああっ……！」

そう言って、希美が腰の動きを小刻みなものに切り替えた。

すると、膣肉の蠢《うごめ》きもさらに増して、分身に甘美な刺激がもたらされる。

「うああっ！　ぼ、僕も、もうっ……！」

省吾は、思わず切羽詰まった声を上げていた。

先ほど出したばかりだが、初セックスの快感と興奮のせいで、新たな射精感を堪《こら》えることができない。

「ああっ、このままぁ！　ああんっ、中につ、はううっ、中にちょうだぁい！　あんっ、あんっ、ああっ……！」

と、希美が逼迫《ひっぱく》した声で訴え、腰の動きをいちだんと激しくする。

おかげで、膣肉の蠢きが増して鮮烈な快電流が脳に流れ込んできたため、省吾は彼女の言葉の意味を考える間もなく、あえなく限界に達してしまった。

「くうっ！　出る！」

そう口走るなり、出来たての精を美人ライターの子宮に注《そそ》ぎ込む。

「はああっ、中にぃ！　んはあああぁぁぁぁぁぁ!!」

希美がおとがいを反らし、身体を強張《こわば》らせながら絶頂の声を浴室に響かせた。

(うおっ！　すごく精液が出て……)

一方の省吾は、自分でも予想外の射精の勢いに、内心で驚きの声をあげていた。

立て続けの二度目でこれだけ出るというのは、それだけ初セックスの快感が大きかった証拠だろう。

それでも、精の放出は間もなく終わりを告げ、省吾は全身が虚脱していくのを感じていた。

それに合わせるように、美人ライターの身体からも力が抜けていく。

「ふあああ……すごぉい。二回目の射精なのに、子宮が満たされてぇ……こんなの、初めてよぉ」

希美が抱きついたまま、なんとも満足げに言う。

しかし、省吾は初セックスで中出しを決めた余韻《よいん》に浸り、彼女に返事をすることすらできずにいた。

第二章　爆乳未亡人の潤み肉壺

1

「はぁ……ホント、どうしたもんかなぁ？」

フロントの席に座りながら、省吾はそう独りごちて、待合室の整頓をしている知香のほうに、ついつい目を向けていた。

希美との初体験から数日が過ぎたが、いったい何度同じことを口にしたか、そろそろ分からなくなっている。

とにかくあれ以来、幼馴染みの顔を見ると自然に生の女体の感触が脳裏に甦り、肉欲が湧いてくるのを抑えるので精一杯になってしまうのだ。

今、彼女は背を向けているのでこうして姿を見ていられるが、正面からはまともに顔を合わせられない。当然、会話をするときですら緊張して、視線を交わすのもままならなかった。

もちろん、こんな調子では仕事にも支障が出てくるので早くなんとかしなくては、とは思っている。だが、初体験の衝撃的で甘美な記憶は、そう簡単に消えてくれない。

(知香ちゃんのオッパイ、希美さんより小さいけど触り心地がよさそうだよな。それに、オマ×コだって……って、だからそういうことを考えたらダメなんだって！)

と、省吾は頭に浮かびかけた妄想を、どうにか振り払った。

すると、知香が振り向きそうな動きをしたので、慌てて目をそらして正面を向く。

(やれやれ。こんなことになると分かっていたら、場の雰囲気に流されて希美さんとエッチなんてしなければよかった)

そんな思いすら、心に湧いてくる。

とはいえ、生の乳房の触り心地や膣の感触、そして自慰とは比べものにならない本番行為の心地よさは、想像だけでは知り得なかった。それを、実際に教えてもらったこと自体に後悔の念があるか、と問われれば答えは否《いな》である。

問題は、希美との一件を割り切れず、さらには幼馴染みを見て妄想をふくらませてしまう自分のほうにある、と省吾は思っていた。

「省吾くん？　本当に、最近どうしたの？」

いきなり知香の声が正面から聞こえてきて、慌てて顔を上げると、彼女の顔がすぐ目の前にあった。おかげで、省吾の心臓が大きく飛び跳ねる。

童顔の幼馴染みは、フロントのカウンター越しにこちらを心配そうに見ていた。

「ち、知香ちゃん!?　どうって……な、何が？」

「何が、じゃないわよ、もう。わたしが叔母さんの告別式に行ったあとから、なんか様子が変になっているもの。ねえ、心配事とか不満とかあるんだったら、ちゃんと話してよ？」

懸命に動揺を抑えながら省吾が首を傾げると、知香は身を乗り出すようにして、真剣な眼差《まなざ》しで問いかけてきた。

すると、黙っていることへの罪悪感が湧いてきて、いっそ美人ライターとの件を打ち明けるべきではないか、という思いも込み上げてくる。

だが、そのときにこの幼馴染みがどんな反応を見せるのかを想像すると、恐ろしくて何も言えなくなってしまう。

「だ、大丈夫だよ。ああ、その、ちょっと、今さらだけど、将来のこととか考えちゃってさ。僕、今はあくまでもおじさんが復帰するまでの間の手伝いだから、そのあとどうしようかなって……」

省吾は、どうにか本心を誤魔化《ごまか》した。

「ああ、将来ね。だ、だったらさ、このまま一緒に……」

と、知香が頬をほのかに赤くしながら口を開いたとき、「こんにちは〜」という希美の明るい声が聞こえた。

見ると、玄関からちょうど美人ライターが入ってきたところである。

「あっ。希美さん。こんにちは。いらっしゃいませ」

知香はサッと省吾から離れて、素早く笑みを浮かべて挨拶をした。ここらへんの切り替えは、さすがと言うべきだろう。

「の、希美さん……いらっしゃいませ」

省吾も、胸の高鳴りをどうにか抑えながら口を開いた。

肉体関係を持った相手を目にすると、どうしてもあの素晴らしい裸体が脳裏に甦ってしまう。すると、心臓の鼓動が無意識に速くなり、血液が股間に集まってくる。

一方の希美は、下駄箱に靴を入れると、前と変わらない平然とした様子でフロントに近づいてきた。

「ねえ？　二人で、何を話していたの？」

「な、なんでもないですよ。その、ちょっとした雑談で……」

からかうような口調で問いかけられて、省吾は動揺を隠せないまま言い訳をした。

「ふーん、そうなの？」

と、希美が知香のほうを見る。

「ま、まぁ、そうですね。雑談、です」

幼馴染みのほうも、困惑した表情を浮かべながら応じる。

「あっそ。ま、別にいいけど。はい、それじゃあ女性一人ね」

肩をすくめながら、美人ライターは現金をコイントレイに置き、女湯の暖簾をくぐって姿を消した。

（はぁ〜。やっぱり、まだ緊張しちゃうな。だけど、あれからも希美さんのほうは何もなかったみたいな態度で……）

彼女がなかなかの演技派なのは、女湯に誘い込まれたときに分かっていたつもりだった。しかし、あれだけ平然としていられるのは、単に演技が上手だからだけなのだろうか？

（希美さん、経験豊富だって言っていたし、童貞だった僕とのセックスなんて、本当はなんとも思っていないのかもしれないないな）

初体験のあと、希美からは「とっても気持ちよかった」と褒めてもらったが、あれも初セックスの男に自信をつけさせるために言った社交辞令だったのだろうか？

そんなことを考えると、省吾はなんとなく気落ちせずにはいられなかった。

2

その日のS町は、朝からみぞれが降るほど冷え込んでいた。

知香の話によると、こういう天気の日は外出自体を控える人が多く、客足が伸びないらしい。

もっと町の中心に近い立地ならば、影響も限定的だったのかもしれないが、「野上の湯」は町外れにある。そのため、単に寒いだけならともかく、こんな天気だと来客数が極端に落ち込むそうだ。

実際、オープンから三時間ほど経ったものの、ここまで銭湯の近くに住む高齢の常連男性客が一人来店しただけで、あとは閑古鳥《かんこどり》状態だ。いくら近年の客数が減っているとはいえ、これほど人が来ないのは省吾が働き出してから初めてのことである。

「省吾くん？　わたし、出かけてきたいんだけど、しばらくフロントをお願いしていいかな？」

　十六時頃になって、知香が申し訳なさそうにそう声をかけてきた。

「ん？　どうしたの？」

「うん、その、実はゼミの教授から出されていた課題の〆切りが近いんだけど、少し苦戦していてさ。でも、ついさっき閃《ひらめ》いたことがあるんだ。銭湯も今はこんな状態だし、いったん家に帰って思いついた内容をザッとまとめちゃおうと思って」

（ああ、そういうのってメモでもしておかないと、すぐに忘れちゃうよなぁ）

　自分自身も経験があるだけに、彼女が覚えているうちに閃きを整理しておきたい、と考えたのも理解できる話だ。

　もちろん、忙しければこの場でメモ書きをする程度にとどめたのだろうが、現在は完全に暇を持て余しているので、少し抜けるくらいは問題あるまい。

「そういうことなら、行ってきてもいいよ。この状況で、いきなり忙しくなることはないだろうしね」

「仕事時間中なのに、ゴメンね。なるべく早く戻ってくるようにして、休憩時間で抜けたぶんの穴埋めするから」

　こちらの返答を受け、申し訳なさそうに言って知香がそそくさと出ていく。

どうやら、彼女は戻ってきてから省吾の休憩を多くしてくれるつもりらしい。暇なのだから、そんな必要もないとは思うのだが、逆にだからこそできる肩代わり方法とも言える。

幼馴染みの姿が見えなくなると、省吾は「はぁ～」と大きくため息をついた。

さすがに、ようやくまた普通に話せるようになったが、やはり無意識に緊張していたのだろう、一人になると肩に力が入っていたことを感じずにはいられない。

そうして、知香が「野上の湯」から出ていき、その直後に男性客も退店して、省吾はフロントに取り残される格好となった。

「……これは、さすがに暇だな。誰も使っていないから、脱衣所の掃除や整頓も必要ないし、なんかやることがないぞ」

男湯の脱衣所を整頓してから十分ほど経ったとき、省吾はフロントに突っ伏してそう独りごちていた。

客がいないと、これほど時間を持て余すことになるとは、いささか予想外である。

かと言って、仕事中にスマートフォンでゲームなどしているわけにもいくまい。

「仕方ない。さっきもしたけど、待合室の掃除でもしていようかな？」

さらに時間が経ち、あまりの暇さにジッとしていられなくなった省吾は、自分自身に言い聞かせるようにそう口にしてからフロントを出た。

そして、掃除用具を入れたロッカーに向かおうとしたとき、玄関の引き戸が開く音がした。

「こんにちは。あら、省吾？　どうしたの？」

と、傘を手にして、お風呂セットの入ったバッグを肩に掛けた希美が、姿を見せるなりやや目を丸くする。おそらく、フロントが空いているのを意外に思ったのだろう。

初体験の記憶がまだ生々しく残っているだけに、彼女を見ると自然に胸が高鳴ってくる。それでも、省吾はどうにか動揺を抑え込んで口を開いた。

「の、希美さん、こんにちは。いや、実は今日、ちっともお客さんがいなくて、知香ちゃんも用事で今はいなくて暇なもんで、ちょっと掃除でもしようかと」

「お客さん、いないの？」

「はい、今は一人も。まぁ、こんな天気ですからね」

「ああ、確かに。あたしも、腰に少し辛さを感じていなかったら、この天気で来ようとは思わなかったわ」

傘を傘立てに入れ、靴を下駄箱にしまった希美が、そう言って肩をすくめる。

「えっと、じゃあ……」

と、省吾はフロントに入ろうとしたとき、近づいてきた美人ライターが腕をしっかりと摑んだ。振り向くと、彼女は何やら妖《あや》しげな笑みを口元に浮かべている。

「の、希美さん？」

「省吾ぉ？　あたしが今、考えていること、分かるかしらぁ？」

「さ、さあ？」

なんとなく予想はついたが、素直に認める度胸はなく省吾は曖昧《あいまい》に誤魔化すことしかできなかった。

「じゃあ、教えてあ・げ・る」

そう言うと、希美はコイントレイに料金を置き、強引に省吾を引っ張って女湯の脱衣所に入った。

ここまで来ると、彼女が何を考えているかは火を見るより明らかである。

「ちょっ……今は、まだ営業時間ですよ？　いくらなんでも、ヤバイですって」

さすがに、省吾はそう口にしていた。

前回は入店可能時刻を過ぎてからで、新規の客が来る心配がなかった。しかし、今は営業時間内である。もしも、行為の途中で来客があったり知香が戻ってきたりしたら、間違いなく大変なことになってしまう。

「こんな天気だから、大丈夫だって。それともぉ、省吾はあたしとしたくないの？」

身体を密着させながら、希美が甘えるように訊いてくる。

そうして、女体の感触とぬくもり、そして漂《ただよ》ってきた芳香を嗅ぐと、今まで我慢していた情欲のマグマが、一気に噴火口に向かって駆け上がっていく。

「そ、それは……でも、あの一回限りってことじゃ？」

彼女を抱きしめたい衝動をどうにか堪えながら、省吾はそう問いかけた。

「あら、あたしそんなこと言っていないわよ？」

希美が、こちらを見ながら首を傾げる。

「た、確かに言葉としては聞いてないですけど、一度だけのつもりだったから、あれから僕と顔を合わせても平然としていたんじゃないんですか？」

「ああ、そんなふうに思っていただけ。本当は、省吾ともっとしたいって思っていたんだから。だって、キミのチン×ン、すごく気持ちよかったんだもの。あんなに感じたの、実はあたしも初めてだったのよぉ」

そう言って、美人ライターが股間に手を這わせてくる。

既に、そこは体積を増しており、ズボンの上から触られただけで快感が走って、自然に「くうっ」と声がこぼれてしまう。

「ふふっ。やっぱり、いい反応。ここは、あたしとしたがっているみたいねぇ？　それじゃあ、さっさとやっちゃいましょうか？」

そう言うと、希美は身体を離してためらう素振りも見せずに服を脱ぎだした。

彼女は、下着姿になるとロッカーの一つを開けて服をそこにしまった。それから、ブラジャーを外し、ショーツも脱いで素っ裸になり、下着もロッカーに入れる。

脱衣所なのだから脱ぐのは当然、と思いながらも、省吾は彼女の行動にすっかり目を奪われていた。

前回はバスタオル姿だったので、目の前で女性が服を脱ぐのを見たのは初めてである。アダルト動画などで見たことはあるが、男とは違う脱衣の行為がなんとも煽情的に思えてならない。

それに、希美の裸体は既に一度目にしているが、やはりグラマラスで美しかった。そのような美女が目の前で裸になっていく光景に、興奮しない男などほとんどいないのではないだろうか？

そんなことを思いながら、省吾が立ち尽くしたまま見つめていると、ロッカーの鍵を閉めた美人ライターが近づいてきた。

そして、顔を接近させると、こちらが口を開くよりも早く唇を重ねてくる。

「んちゅっ。んっ、んむ……」

呆然としていた省吾は、もはや彼女の唇を振り払うこともできず、ただなすがままになるしかなかった。

3

「んああっ、あんっ。それぇ、ふあっ、いいわぁ」

女湯の脱衣所に、希美のやや控えめの艶めかしい喘ぎ声が響く。

省吾は今、立ったまま彼女の背後から豊満な両胸をグニグニと揉みしだいていた。

こうしていると、乳房の感触が手の平いっぱいに広がり、その柔らかさと弾力がはっきりと伝わってきて、自然に興奮が煽《あお》られる。

「ああ、そうよぉ。んあっ、そんな感じで、あんっ、もっと揉んでぇ」

と、甘い声で希美が訴えてくる。

声の大きさは控えめだったが、それでも他に誰もおらず静かなせいもあって、やけに室内に響く気がしてならない。

この体勢での愛撫は、彼女のリクエストによるものだった。ただ、正面からするよりも揉みやすいので、こちらとしても助かっているのは間違いない。

(このオッパイ、本当に手触りがよくて、ずっとこうしていたいくらいだ)

そんなことを思いながら、さらにふくらみを揉み続けていると、

「んあっ、乳首ぃ。あんっ、乳首も、ふあっ、弄ってぇ」

と、希美が新たな要求を口にした。

(あっ。そういえば、乳首のことを忘れていたっけ)

乳房の感触があまりにいいため、先端の突起への愛撫が綺麗に頭から抜け落ちていたのだ。こういうところは、まだ一回しか経験していないビギナーの悲しさと言うべきだろうか?

省吾は、バストの頂点ですっかり存在感を増した乳頭を、両方とも指で摘まんだ。

途端に、美人ライターが「ひゃうんっ！」と甲高い声をあげておとがいを反らす。

その反応を見ながら、省吾はクリクリと指を動かして突起を弄りだした。

「ああっ、それぇ！　あんっ、はあっ、あっ、いいっ！　きゃうっ、あんっ……！」

「あの……ちょっと、声が大きすぎませんか？」

遠慮なく大声で喘ぎだした希美に対して、省吾は愛撫の手を止めて心配を口にして

いた。

何しろ、ここは脱衣所である。引き戸を一枚挟んでいるとはいえ、普通の話し声がフロントに届く程度の厚みしかない。それなのに、今のような大声を出されたら、外まで聞こえてしまうのではないか？

「んあっ、ゴメンねぇ。気持ちよかったから、つい大声が出ちゃってぇ。気をつけるから、続けてちょうだい」

その希美の言葉を受けて、省吾は「はい」と乳首への愛撫を再開した。

「んんっ、んふっ、ああっ、んむっ、ふあっ……」

今度は、彼女も嚙み殺したような喘ぎ声をこぼす。時折、やや甲高い声がこぼれ出るものの、外まで聞こえかねないような大きさではないので、特に問題はあるまい。

ただ、そうして突起を弄っていると、省吾の中に少し悪戯心が湧いてきた。

(急にオマ×コを弄ったら、どうなるんだろう？)

そんな好奇心を抑えきれなくなり、省吾は片手を乳首から離すなり、美人ライターの股間に素早く指を這わせた。

すると、指の腹に蜜が絡みついてきて、同時に「きゃううんっ！」と希美が素っ頓《すっとん》狂《きょう》な声をあげ、すぐに慌てて口を閉じる。

「も、もう。いきなり、そこを弄らないでよ。するんなら、ちゃんと言ってからしてちょうだい」

彼女から小声で文句を言われて、省吾は思わず「すみません」と謝ってしまう。が、それと共に内心で首を傾げていた。

(希美さんの反応、随分と大げさだった気がするな？　ここまで、どちらかと言えばずっと余裕がある態度だったのに)

いったい、今までと何が違うのか？

そう考えたとき、省吾は一つの可能性に思い至った。

(もしかして、希美さんって……)

自分の推理が正しいか確認するため、省吾はまずそのまま指の腹で秘裂を擦《こす》りだした。併せて、乳首を摘まんでいた指をいったん離し、乳房全体への愛撫に切り替える。

「んあっ、それぇ。あんっ、んんっ……」

たちまち、希美がとろけそうな甘い声をあげ、控えめに喘ぎだした。

もう少し続けたら、おそらく彼女は新たなリクエストを口にするだろう。しかし、それでは予想が正しいか分からないままだ。

そう判断した省吾は、不意打ちで乳首を再び摘まみ、同時に指をうっすら湿った秘裂の奥へと沈み込ませた。

「ひあんっ！　ちょっと、省吾？」

案の定、希美がまた驚きの声をあげる。

だが、今度は彼女があれこれ言う前に、乳首を強めに摘まんでクリクリと弄りつつ、膣内を指でかき回しだす。

「きゃうっ！　あっ、やっ、ひゃんっ、それぇ！　ああっ、されたらぁ！　ひうっ、声っ、あんっ、我慢っ、やううっ、できないぃぃ！　あひっ、ああっ……！」

美人ライターが、甲高い喘ぎ声を脱衣所に響かせた。

さらに、秘部の潤いも一気に増す。

（やっぱり。予想どおり、希美さんってリードするのが好きっぽいけど、実は主導権を握られたほうが興奮するみたいだな）

愛撫しながら、省吾はそう分析していた。

もちろん、経験豊富な年上としては、ついこの間、自分が童貞を卒業させた男に対してリードしたい、と思うのは当然かもしれない。おそらく彼女は、省吾にあれこれさせて愉しもうという目論見《もくろみ》を抱いていたのだろう。

しかし、どうやら本来の希美は、こうして主導権を取られることでむしろ肉体が敏感になる性質の持ち主だったらしい。あくまでも想像だが、彼女はそんな自分の本性を隠すために、積極的に振る舞っているのではないか？

「んあっ、ねえ？　はうっ、早くぅ、あんっ、早くチン×ンッ、あんっ、ちょうだぁい！　はううっ、あたしっ、ああっ、もうっ、はうっ、我慢できないのぉ！」

声を抑えるのも忘れて喘ぎながら、希美が切なそうに訴えてきた。

秘部の濡れ具合から見て、「我慢できない」というのは本心なのだろうが、同時に先に求めることで主導権を取り戻そう、という意図があるのも間違いあるまい。

そこで、省吾は愛撫の手を止めて彼女から離れた。すると、美人ライターが「ふああ……」と安堵の吐息を漏らす。

省吾は、いったん洗面台に行って、指に付着した愛液を洗い流した。そうして、ティッシュで手を拭《ふ》いてから、ズボンとパンツを脱ぎ捨てる。

ただし、客が来たときに備えて、Tシャツは着たままである。これだけでも、全裸になるよりは素早く対応できるだろう。

こちらが下半身を露出させるのを、希美は期待に満ちた目で見ていた。そして、用意が調《ととの》ったと見ると、ロッカーのほうを向いて手を扉につき、尻を突き出すような体勢になった。

「省吾ぉ？　今回は、こっちからお願ぁい」

と甘い声で言って、美人ライターが腰を艶めかしくくねらせる。

「ゴクッ。わ、分かりました」

丸見えのヒップと秘部に興奮を覚え、省吾は生唾を呑み込みながらそう応じた。そして、彼女に近づき揺れる腰を摑んで動きを止め、一物を秘裂にあてがう。

「ああ、これぇ。早くちょうだぁい」

先端部が割れ目に当たったことを察した希美が、そんなおねだりをしてくる。

こうして媚びるように求められると、つい従いたくなってしまう。

（……けど、このまま素直に挿れちゃうと、また希美さんに主導権を握られたままになりそうだな。それでも、別にいいんだけど……あっ、そうだ！　前に見たアダルト動画で、確かこんな感じのときに……）

そう考えた省吾は、挿入すると見せかけて先端の位置をズラした。そして、竿と秘裂を擦るようにして腰を動かしだす。いわゆる、「素股」である。

「ふぁっ、あんっ、これっ、はあんっ、気持ちいいけどぉ……んはあっ、挿れてって、ああっ、言ったじゃないのぉ。んああっ、ふあっ……」

ピストン運動に合わせて喘ぎながら、美人ライターが文句を口にする。

しかし、またしても省吾が想定外の行動をしたせいか、彼女の秘部から溢れる蜜の量がいっそう増したのは、肉棒から伝わってくる感触ではっきり分かる。

「これも気持ちよくて、もうちょっと続けたいんで、このまましますよ」

そう応じて、省吾はさらに素股での抽送を続けた。

実際、本番行為ほどではないものの、これでもなかなかの快感が得られる。ましてや、今日はまだ一発も出していないため、こうしているだけで徐々に射精感が湧き上がってきてしまう。

「ああんっ、少し前までっ、んはっ、童貞だったたつ、あうっ、のにぃ。んはっ、生意気にっ、はああっ、なってぇ。あううっ、あんっ……」

希美が、そんなことを口にしながら、膝を使って腰を小さく前後に動かす。位置がずれて、誤ってペニスが入ってくるのを狙っているのだろうか？

しかし、立ちバックの体勢における挿入のタイミングは、ほぼ完全に男の側に選択権がある。省吾は、彼女の動きを抑え込むように手に力を込めて、素股による刺激を続けた。

「あっ、やっ……んあっ、もうっ、んんっ、あんっ……」

美人ライターが、今にも泣きだしそうな、なんとも切なそうな喘ぎ声をこぼす。

こちらが思ったように行動してくれず、困惑している様子がその声や態度から否応《いやおう》なく伝わってくる。同時に、愛液がいっそう量を増し、ペニスを伝って床にポタポタとこぼれ落ち、言葉とは裏腹に肉体が反応していることも分かる。

ただ、これ以上焦らすと、彼女も歯止めが利かなくなって、また大声を出すようになるかもしれない。

そう考えつつ、省吾は素股を続けながら挿入のタイミングを見計らった。

そして間もなく、喘ぐ希美の身体からわずかに力が抜けた。

（よし、今だ！）

と判断するや、腰を引いて先端を秘裂にあてがい、一気に内側へと進入する。

「んはあああっ！　いきなりぃぃ！　あああっ、入ってきたぁぁ！　やはあああぁぁぁんっ!!」

美人ライターが、歓喜の声を脱衣所に響かせ、同時におとがいを反らして身体を強張らせる。

（くうっ。希美さんの中は、やっぱり温かくて、ウネウネとチ×ポに絡みついてくるな。なんだか、前のときよりうねっている気がするけど……）

これも、焦らしプレイの効果なのだろうか？

そんなことを思いながら、省吾は奥までペニスを押し込んだ。

「あはあああ……省吾が焦らすから、挿れられただけで軽くイッちゃったじゃないのぉ。ちょっと、屈辱よぉ」

身体を小さく震わせながら、希美がなんとも悔しそうに言う。

やはり、経験豊富な年上としては、自分が童貞を奪った年下の男にいいようにされて達したことに、いささかプライドを傷つけられたらしい。それでも、彼女が前回よりも感じているのは、紛れもない事実なのだが。

「希美さん、声を我慢してくださいね？　今みたいな大声を出すようなら、これ以上はしませんから」

そう注意をすると、省吾はすぐに抽送を開始した。

数日前に指導されたとおり、押しつけるような動きに意識を集中させると、初めてのときのぎこちなさが嘘のように、腰をスムーズに動かすことができる。もっとも、立っているとはいえ、後背位という動物的な体位のおかげもあるのかもしれないが。

「あっ、やんっ、いきなりっ。んあっ、あんっ、はうっ、んんっ……」

希美が文句を言いたそうにしながらも、指示に従って懸命に声を抑えて喘ぐ。

そのせいで、パンパンと省吾の下腹部が彼女のヒップを叩く音と、グチュグチュという結合部からの音が、脱衣所にやけに大きく響いた。

また、新たな潤滑油《じゅんかつゆ》がとめどもなく溢れてくるため、抽送自体はスムーズそのものである。

（やっぱりな。希美さんは、僕に主導権を握られて感じているんだ）

普段の言動や、セックスでリードしたがるところから、美人ライターはどちらかと言えばSっ気が強いように思えた。だが、どうやらそうした振る舞いは、自身の本質的なMっ気を隠すためのものだったらしい。

「んあっ、お願いっ、あんっ、もっとっ、んはっ、優しくっ、あんっ、感じすぎてっ……あうっ、おかしくっ、はうっ、なっちゃいそうっ、ああっ、んあっ……」

希美がこちらに目を向けて、声をなんとか抑えつつ懇願してきた。

そのすがるような目を見れば、普段の省吾なら素直に従っていただろう。しかし、今は彼女の意外な面を見つけて興奮しているため、むしろ逆のことをしたくなってしまう。

そこで、省吾は腰から手を離し、希美の大きなバストを両手で鷲掴みにした。そうして、乳房をやや乱暴に揉みしだきつつピストン運動を大きくする。

「んはあっ！　優しくって……あうっ、こんなっ、はうっ、されたらぁ！　ああっ、声っ、ひゃうっ、出ちゃうぅぅぅ！　あうっ、あんっ、ダメっ！　はううっ、すぐっ、あふっ、イッちゃうぅぅぅ！」

たちまち、希美が切羽詰まった声を脱衣所に響かせた。

本来ならば、約束を違《たが》えた以上、先の言葉どおりに動くのをやめるべきだろう。だが、事前に一発出していなかったこともあり、省吾のほうも予想以上の膣肉の蠢きに我慢の限界に達しつつあった。

「くうっ。希美さん、僕も……このまま、出しますよ？」

そう声をかけると、省吾は有無を言わさずラストスパートとばかりに腰の動きを速めた。

「ああーっ！　あんっ、こんなっ、ひゃうっ、またっ、あんっ、中にっ、はううっ、濃いのっ、はううっ、出されちゃうぅぅ！　あっ、あんっ、もうっ……あたしっ、イクぅぅ！　んんんんんんんんんんんんん!!」

と、最後の瞬間だけ声を懸命に堪えながら、希美がおとがいを反らして全身を強張らせる。

同時に、膣肉が激しく収縮してペニスにとどめの刺激をもたらす。

そこで限界に達した省吾は、「ううっ」と呻《うめ》くなり、彼女の中に精液をたっぷりと注ぎ込んだ。

「はああ、出てるぅぅ……熱くて濃いザーメンが、子宮を満たしているの、はっきり分かるぅぅ……」

美人ライターが、恍惚とした声でそんなことを口にする。

やがて、精を出し尽くすと、省吾は腰を引いて一物を抜いた。すると、一緒に大量のスペルマと愛液の混合液が掻《か》き出されて床にボタボタとこぼれ落ち、大きな白い水たまりを作る。

その量は自分でも驚くくらいで、蜜と混じり合っていることを差し引いても、自慰を含めてこれまで出した中で最も多いのではないだろうか？

一方の希美は腰の支えを失って、「ふあああああ……」と吐息のような声をこぼし、その場にズルズルとへたり込んだ。

「希美さん、大丈夫ですか？」

射精の余韻に浸りつつ、さすがに心配になって声をかけると、

「んはあ……大丈夫ぅ。それよりぃ、省吾は早くチン×ン洗って、ズボンを穿《は》いたほうがいいんじゃなぁい？　あたしのタオル、使っていいからぁ」

と、いささか間延びした声で、彼女がそう応じた。

確かに、美人ライターの指摘どおり、いつ客が来るか分からない以上、ここでのんびりしているわけにはいかない。

「じゃあ、ちょっと失礼します」

そう言って、省吾は彼女のバスタオルを手にすると、Tシャツのまま女湯の浴室に入った。それから、出入り口に最も近いシャワーでペニスとその周辺を洗い流す。セックスの残滓《ざんし》を流し終えると、省吾は手早く下半身を拭いて脱衣所に出た。そうして、床に放り出したパンツとズボンを穿けば、とりあえず準備は完了である。

その間に、希美もどうにか正気を取り戻していた。そして、こちらを見ながら、

「もう、省吾ったら。あんなに気持ちよくされたら、あたしのほうが本気になっちゃいそうよ」

と、楽しそうに言う。

「うっ。その……」

「ふふっ、冗談よ。じゃあ、あたしはお風呂に入るから、後片付けをよろしくね」

返答に窮した省吾に対して、美人ライターはそうあっけらかんと言って立ち上がった。そして、少しふらつきながらも、フェイスタオルやシャンプーなどを入れた桶を手にして浴室に姿を消す。

彼女の言うとおり、床には精液と愛液の混合液が大きな水たまりを作っており、室内にも精の匂いが漂っていた。この状況で誰か入ってきたら、何をしていたか一目瞭然だろう。

そこで省吾は、これ以上の余韻に浸る間もなく、いったん脱衣所を出てロッカーから急いでモップやバケツといった掃除道具を取り出した。そうして、また女湯の脱衣所に戻ると、ティッシュも使ってセックスの残滓をを手早く片付ける。

「ふぅ。これで大丈夫かな？　誰も来てなくて、本当によかった」

モップなどをロッカーにしまい、安堵の声を漏らした省吾がフロントに入ろうとしたとき、玄関の引き戸が開いて久美子が姿を見せた。

「こんにちは。あら、省吾さん一人ですか？」

爆乳美女が、靴を下駄箱に入れながらにこやかに声をかけてくる。

彼女は育ちがいいのか、歳がやや離れている省吾や知香のことも「さん」付けで呼び、誰に対しても「です。ます」調で話す。それが、穏やかそうな顔立ちと声質によく合う喋《しゃべ》り方だとは思うものの、年上の美女に丁寧な言葉遣いをされると、余計な緊張を覚えずにはいられない。

「は、はい。知香ちゃんは、ちょっと出かけていて。ちなみに、今のお客さんは希美さんしかいません」

そう応じながら、省吾は内心で胸を撫で下ろしていた。

（うはー、危なかったぁ。あと少し遅れていたら、女湯から出てくるところを久美子さんに見られていたかも）

彼女は常連客なので、男性従業員が原則として女湯に入らないことは知っている。

それなのに、希美しかいない場所から省吾が出てきたら、たとえ証拠を隠滅できていても、おそらく何をしていたか勘づかれるかもしれない。その事態を避けられたのは、幸運だった。

「ああ、今日はこんな天気ですものねぇ。わたしも、今日はパートのお仕事がお休みだから来ましたけど……」

と久美子が言いかけたとき、知香が息を切らして入ってきた。

「はぁ、はぁ……ゴメンね、省吾くん。今、戻って……あっ。久美子さん、いらっしゃいませ」

「こんにちは、知香さん。お出かけしているって、ちょうど省吾さんから聞いたところだったんですけど？」

と、爆乳美女が知香のほうを目を向けて、にこやかに応じる。

（うおっ。久美子さんだけじゃなく、このタイミングで知香ちゃんまで……危ねー。本当に、危機一髪だったよ）

会話を始めた二人を見ながら、どうにか彼女たちが来る前にセックスの残滓を片付けられたことに、省吾は改めて心の中で安堵の吐息をつくのだった。

4

希美と、二度目の関係を持ってから数日後の夕方前。

（うーん……やっぱり、知香ちゃんとの距離感が摑めないなぁ）

省吾はフロントの席に座ったまま、今は女湯の整頓で姿が見えない幼馴染みのことを考えていた。

美人ライターを激しく感じさせ、さらに絶頂させられたのは、男としての自信を大いにつけることに結びついたと思う。

ただ、そうして女体の感触を改めて堪能したせいで、ますます幼馴染みの肉体への興味と欲望が掻き立てられていた。そのため、意識しないように努力しても、ついつい我ながら挙動がおかしくなってしまうのだ。

少なくとも表面的には、以前と変わりがない言動を見せている希美の、せめて三分の一程度でも演技力を分けて欲しい、と思わずにはいられない。

(もっと女の人に慣れたら、希美さんみたいに振る舞えるのかな？　いや、あれは生来のものって気も……)

そんなことを考えていると、知香が女湯の暖簾を分けて姿を見せた。だが、彼女の顔色は悪く、壁に手をついて何やら怠《だる》そうにしている。

「あれ？　知香ちゃん、どうしたの？」

「あ、うん……実は、今朝からちょっと体調が悪くて……薬を飲んで、なんとか我慢していたんだけど、なんだか急に怠さが……」

省吾の問いかけに、幼馴染みが弱々しい声で応じる。

(そういえば、今日は午前中から普段よりも元気がなかった気がするな)

おそらく、薬で完全に治ったわけではなく、一時的に体調の悪さを鎮《しず》めていたのだろう。だが、その効果が切れて反動が来た、というのは間違った見立てではあるまい。

「知香ちゃん、無理をしないで今日は帰ったほうがいいよ。あとは、僕がやっておくから。明日は定休日だし、女湯の掃除は明日か明後日の午前中にすればいいよね？」

「……うん、そうだね。じゃあ、お願い」

いつもの知香なら、「これからピークの時間だから、わたしがいなきゃ」と言いそうだ。しかし、さすがに今の体調では邪魔にしかならないと分かっているらしく、彼女は素直に頷き、従業員の控え室に向かった。そして、着替えを済ませると、通常は徒歩のところをタクシーを呼んで帰路に就《つ》く。

「さて、今日は一番忙しい時間帯に一人か。まぁ、仕事にもかなり慣れたし、女湯の掃除を明日にしておけば、なんとかなるだろう」

幼馴染みを見送ってから、そう独りごちた省吾だったが、それから二時間ほどで自分の言葉を後悔する羽目になった。

知香が帰ってから間もなく、ひっきりなしに客が来店しだしたのである。しかも、こういうときに限って男湯でちょっとした諍《いさか》いが起きたりと、普段の少しのんびりした雰囲気が嘘のように、てんやわんや状態になったのだ。

待合室も、連れの女性が出てくるのを待つ男性客や、ドリンクを飲んでくつろぐ人で席があらかた埋まってしまった。もともと、それほど座席数があるわけではないが、ここまで利用者が多いのは自分が働きだしてから初めてである。

まるで、希美と二度目の関係を持った、みぞれで閑古鳥が鳴いていた日のぶんまで客がまとめて来たような状況である。

「どひー。なんなんだ、今日は？」

懸命に仕事をこなしながら、省吾はついそうボヤいていた。

もちろん、知香がいたら問題のない忙しさだろう。それに、彼女ならば一人でも捌《さば》けたかもしれない。

しかし、引きも切らずに客が出入りし、小さなトラブルまで起きる状況を単独ですべて処理するなど、今の省吾にはいささか荷が重すぎた。

（この際、知香ちゃんに電話して、また来てもらおうかな？　いや、あの様子から考えて、まともには働けないだろうし……）

だが、このような状態があと一時間も続いたら、さすがにこちらがパンクしてしまうかもしれない。

いったんフロントに戻ろうとした省吾が、なんとも言えない不安を抱《いだ》きだしたとき。

「こんばんは。あら、随分とお客さんが多いみたいですねぇ？」

と、玄関から入ってきた久美子が、下駄箱や待合室の客を見て目を丸くした。

「あっ、久美子さん、こんばんは。そうなんですよ。なんか、今日はお客さんがやたらと来て。しかも、知香ちゃんが体調不良で早退して僕が一人でやらなきゃいけないもんで、さっきからずっとバタバタしているんです」

「あらあら。そうだったんですか。大変ですねぇ」

そう言って、下駄箱に靴を入れた爆乳美女がフロントに来て財布を取り出す。

そのとき、「おい、兄ちゃん。ちょっと来てくれ」と男湯の脱衣所から声がかかった。しかも、ちょうど新たな男性客が玄関から入ってきた。

「うおっ。い、いらっしゃいませ。あっちとこっちか。えっと、どうしよう？」

さすがに、どうしていいか分からなくなって省吾がアタフタしていると、

「省吾さん、わたしにフロントをやらせてもらえませんか？」

と、久美子が切り出した。

「えっ？　でも、それは……」

「知香さんを見ていて、基本的な応対の仕方は分かっています。それに、パートでスーパーのレジ係をやっていて、接客にも慣れていますから」

この爆乳美女は、結婚して間もない四年前、夫がS町役場に勤めた関係で、町内の住宅地に家を買って住みだしたそうである。それから間もなく、以前から胸の大きさ故の肩こりに悩まされていた彼女は、温泉銭湯「野上の湯」を知って通うようになったのだった。

だが、二年前に夫が病で急逝《きゅうせい》して、久美子は未亡人となってしまった。子供もまだ

だったこともあり、それ以来、彼が遺《のこ》した一軒家で一人暮らしをしているそうである。

また、亡夫の保険金で経済的には困っていないものの、今は週三回スーパーのパートの仕事をして生活をしている、という話である。どうやら、お金を稼ぐことより社会との接点を得ることが労働の目的らしいが。

「でも、働いてもらうなら、お金が……」

「営業時間が終わったら、貸し切りでお風呂に入らせてもらえませんか？　今回は臨時ですし、一度誰もいない大きなお風呂にゆっくり入ってみたかったので、それが報酬で構いませんよ。さあ、省吾さんは早く男湯を見に行ってください」

にこやかに、しかし有無を言わせずに久美子が背中を押す。

こうなってしまうと、これ以上の抵抗は無意味だろう。

(それに、確かに人手はあったほうがいいからな。とりあえず、ピークの時間だけでも久美子さんに手伝ってもらえれば、なんとか乗り切れるはずだ)

そう考えて、省吾は呼ばれた男湯の脱衣所へと向かうのだった。

5

「ふう〜。やれやれ、やっと閉店だ〜」

最後まで残っていた男性客が二十一時半に出ていくと、省吾はフロントのテーブルに突っ伏しながら安堵の吐息をついて、そう口にしていた。

結局、あのあとも二時間ほど慌ただしい時間が続いたものの、爆乳未亡人の手伝いのおかげもあって、どうにか乗り切ることができた。もちろん、休む暇はほとんどなかったのだが、大きなトラブルが起きずに済んだだけでもよしとするべきだろう。

本来なら、久美子には忙しさのピークの時間が過ぎたあたりで切り上げてもらってもよかった。だが、彼女は「どうせ最後まで残るから」と働き続け、女湯の脱衣所の整頓や掃除までしてくれたのである。

「お疲れさまです、省吾さん。お掃除、終わりました」

「あっ。久美子さん、お疲れさまです。今日は、ありがとうございました。本当に助かりました」

脱衣所から出てきた久美子の挨拶に、省吾も身体を起こして返事をしつつペコリと頭を下げる。

彼女の働きぶりは、とても初めて銭湯の仕事をしたとは思えないほど見事だった。接客はもちろん、女湯の脱衣所の掃除や整頓もいちいち指示を出すまでもなく適時実行してくれて、省吾の初日のときと比べると雲泥の差だ。

とにかく、もしもこの爆乳未亡人がいなかったら、途中でパンクしてどうしようもなくなっていたに違いあるまい。そう思うと、あのタイミングで来てくれたのは、まさに僥倖《ぎょうこう》だったと言える。

「うふふ……『野上の湯』には、ずっとお世話になっていますから、何かお返しできることはないかと思っていたんですよ。だから、気にしないでください」

久美子が、疲れた様子も見せずに笑顔で応じた。

客として来ているのだから、恩返しなど考える必要もないはずだが、こういうところは実に彼女らしいという気がする。

(それにしても、ずっとバタバタしていたから気にしていなかったけど、今は久美子さんと二人きりか……)

一息つくと、未亡人と閉店後の銭湯で二人きりだという事実を意識し、省吾は胸の高鳴りを禁じ得なかった。

何しろ、久美子は爆乳の持ち主で、知香とも希美とも異なる魅力のある年上美女なのだ。いわんや、「閉店後の銭湯」は美人ライターと初めて関係を持ったときと同じ状況なのだから、「まったく意識するな」と言うほうが無理な相談だろう。

省吾が、そんなことを思っていると、

「そうそう。省吾さんに、訊きたいことがあるんですけど？」

と、久美子がいつもの穏やかな口調で問いかけてきた。

「はっ？　あっ、なんですか？」

我に返った省吾は、首を傾げて聞き返した。仕事が終わったこの段階で、彼女から質問されるというのは、少々意外な気がする。

「えっと、省吾さんと希美さんって、いつから身体の関係を持っているんですか？」

あまりにもストレートな問いかけに、省吾は「えっ⁉」と驚きの声をあげ、そのまま絶句してしまった。まさか、希美との関係を見抜かれていたとは。

「ああ。実はわたし、お二人が女湯の脱衣所でエッチしているのを見てしまったんですよ。ただ、いったん外に出て、こっそり様子を窺《うかが》ってから改めて入ったので、省吾さんはちっとも気付いていなかったみたいですけど」

こちらの疑問を察したらしく、久美子がそう言葉を続けた。

なるほど、あのとき彼女が姿を見せたタイミングが絶妙だったのは、そういうカラクリだったからのようである。

(ちゃんと気をつけていたつもりだったけど、久美子さんが来ていたなんてまったく気付かなかったよ。それだけ、希美さんとのエッチに没頭していたのか)

その事実を今さらのように知ると、いたたまれない気持ちにならざるを得ない。

ただ、なんとか誤魔化そうにも、美人ライターと関係している現場を実際に見られていたのでは、言い訳のしようもあるまい。

「えっと、その……実は……」

諦めた省吾は、希美と初めての関係を持つに至った経緯、そして二度目をした経緯について、爆乳未亡人に簡単に説明した。

「なるほどぉ。そういうことだったんですねぇ」

「はい。それで、その……このことは、知香ちゃんには言わないでいてもらいたいんですけど。お願いします」

納得の面持《おもも》ちを見せる久美子に対し、省吾はそう言って頭を下げた。

省吾が何より恐れているのは、心を寄せる幼馴染みに嫌われてしまうことである。

もちろん、いずれは希美との件を話す必要はあるだろう。その結果として絶縁されるのであれば、肉欲に負けた己《おのれ》の自業自得と諦めもつく。

しかし、爆乳未亡人のような第三者から知香に話が伝わって嫌悪されるのだけは、なんとしても避けなくてはなるまい。

すると、久美子が口元に笑みを浮かべながら、

「そうですねぇ。それじゃあ、わたしともセックスしてもらえませんか？　そうすれば、わたしも希美さんと同じ条件になるから、わざわざ知香さんにお話しする理由もなくなりますし」

と、とんでもないことを口にした。

「はぁ？　く、久美子さん、自分が何を言っているか分かっていますか？」

さすがに、省吾は素っ頓狂な声をあげ、そう聞き返していた。

彼女からの提案は、まったく想定外である。

言うまでもなく、未亡人の久美子にセックスの経験があるのは当たり前だ。しかし、希美のように奔放ならまだしも、温和ながらも真面目な性格と思われた彼女がこのようなことを言い出すとは、にわかには信じられない。

「当然、分かっていますよ。実はわたし、夫が二年前に死んでからセックスはご無沙汰で……したいって気持ちはずっとあったんですけど、それを我慢していたんです」

真剣な眼差しの未亡人が、そこでいったん言葉を切った。そうして、少しためらう素振りを見せながら、さらに続ける。

「省吾さんに、後ろからされているときの希美さん、とっても気持ちよさそうで、それを見ていたら羨ましくなって、身体がすごく疼《うず》いてしまって……家で、一人でしてもフラストレーションが溜まる一方だったから、なんとかしなきゃいけないと思っていたんです。だから今日、知香ちゃんがいない上に、省吾さんが忙しそうにしているのを見たとき、これはチャンスだ、と閃いて」

なるほど、彼女が銭湯の手伝いを申し出たのは単に親切心からだけでなく、省吾と関係を持つ機会を窺っていた、というのが大きな理由だったらしい。

「もちろん、わたしみたいなおばさんとしたくない、と言うのなら無理強《じ》いはしませんけど……省吾さん、わたしとセックスしたいですか？　それとも、したくないですか？」

爆乳未亡人が、やや不安そうに、しかしストレートに問いかけてくる。

「そ、そりゃあ……したいです。その、久美子さんってオッパイが大きいし、とっても美人だから……」

あまりに直球過ぎる問いを誤魔化しようがなく、省吾も素直に応じていた。

何しろ、久美子は希美をも上回る爆乳の持ち主である。これまでも、彼女が来るたびに「あの大きなオッパイを生で見てみたい、実際に触ってみたい」という思いを我慢していたのは、紛れもない事実だった。

そのチャンスが向こうから転がり込んできたのだから、自制心がハンマーで叩かれたガラスのように呆気《あっけ》なく砕けるのも当然だろう。

「だったら、ちょうどいいですね？　大丈夫ですよ、わたしも希美さんと同じで、省吾さんと知香さんの仲を邪魔する気はないですから。とにかく、今はこの身体の疼きをどうにかして欲しいんです」

そう言って、久美子が潤《うる》んだ目で見つめてくる。

このように言われてしまうと、省吾としても、もはや首を横に振ることなどできなかった。

6

「んっ、んっ……んぐ、んむ……んじゅぶる……」

女湯の浴室に、久美子によるフェラチオの淫《みだ》らな音と、くぐもった声が響く。

今、風呂椅子に座った省吾の前には爆乳未亡人が跪き、ペニスを咥え込んで熱心にストロークをしていた。

あのあと、省吾は彼女に女湯へと連れ込まれ、一緒に浴室に入ることになった。そして、キスを交わしてから、こうしてフェラチオ奉仕を受けているのである。

（くうっ……希美さんのフェラとは違う感じだけど、これはこれで気持ちいい！）

省吾は、分身からもたらされる心地よさに酔いしれながら、そんなことを心の片隅で思っていた。

希美のフェラチオが、貪《むさぼ》るような熱心さだとしたら、爆乳未亡人の行為はペニスをじっくり味わいつつも、こちらを感じさせる気遣いに満ちたものだと言える。もちろん、どちらも気持ちいいので、優劣などつけられないのだが。

ただ、一物を慈《いつく》しむように舐められ、さらにこうしてジットリした感じでストロークされていると、腰の奥から熱いモノが込み上げてくるのを抑えることができない。

「ぷはあっ。レロ、レロ……」

久美子は、いったん肉茎を口から出すと、再び先端を舐め回しだした。

「くあっ！　そ、それ……ううっ」

鮮烈な快電流が脊髄を貫き、省吾はおとがいを反らしながら甲高い声を浴室に響かせていた。この快感を我慢するなど、とてもではないが不可能と言っていい。

「レロロ……省吾さん、もう先走りが出てきて……そんなに気持ちよくなってくれたなんて、とっても嬉しいですぅ」

そう言って、爆乳未亡人がなんとも妖艶《ようえん》な笑みを浮かべる。

これまで見たことがないようなその表情だけでも、自然に興奮が高まってしまう。

何より、裸だとロケット型の大きな乳房が身体の動きに合わせていちいちタプンタプンと揺れるのがはっきり見えるのだ。それが、一人しか女性を知らない省吾にとっては、目の保養になるのと同時に興奮材料にもなっている。

「ところで、省吾さん？　希美さんに、パイズリはしてもらいましたか？」

「パイ……い、いえ、してもらってないです」

相変わらずのストレートな問いかけを受け、省吾も半ば反射的にそう答えていた。

（そういえば、パイズリはすっかり忘れていたな）

もちろん、行為そのものはアダルト動画などで見知っていた。しかし、希美としたときは二度ともフェラチオや本番のことばかり考えていて、「パイズリ」は頭から綺麗に抜け落ちていたのである。

爆乳の久美子は当然だが、希美のバストサイズでもその行為は充分に可能だろう。

ただ、初めてのときはフェラチオだけであえなく射精してしまったし、二度目はそもそも奉仕をしてもらう時間がなかった、という事情がある。もしかしたら、今後、美人ライターがしてくれる可能性はあり得るが、現時点では未経験のままだ。

「そうでしたか。それじゃあ、省吾さんに初パイズリをさせてもらいますねぇ」

と楽しそうに言うと、久美子がロケット型の爆乳に手を添えて一物に近づけた。そして、大きな谷間でペニスをスッポリと挟み込む。

すると、膣はもちろん口や手とも違う感触に分身が包まれた。同時に、得も言われぬ快電流が駆け抜けて、ついつい「ふああっ」と声が漏れ出てしまう。

(こ、これはすごい！)

単に肉棒を包み込まれただけで、省吾は感動で胸が熱くなるのを禁じ得なかった。

乳房そのものの感触は、希美としたときに手でも堪能している。しかし、彼女よりも大きなバストで、しかも谷間で一物を挟み込まれた感覚は、手で味わうのとはまったく別物に思えてならず、新鮮な心地よさをもたらしてくれた。

「省吾さん、とっても気持ちよさそうですねぇ？　だけど、ここからが本番なんですから、少し我慢してくださぁい」

と、笑みを浮かべながら言うと、爆乳未亡人が手でふくらみを交互に動かしながら、胸の内側のペニスをしごきだす。

「んっ、んっ、んふっ、はっ、んんっ……」

「うおっ！　うっ、それっ……はううっ！」

陰茎から生じた快感に、省吾は呻くような喘ぎ声を浴室に響かせていた。

(うはあっ！　これがパイズリか！　すごっ……気持ちよすぎる！)

当然、アダルト動画などを見ながらパイズリされるのを想像したことは多々あったが、この心地よさは思っていた以上のものがある。

柔らかさが勝りながらも弾力がしっかりあるバストに包まれ、さらにしごかれることで発生する性電気は、膣はもちろん手や口とも違うように思えた。

すると、久美子がいったん手の動きを止めた。そして、今度は左右の動きを同期させてペニスを擦りだす。

途端に、交互にしごかれていたときとまた違った快感が生じた。

とにかく、事前に唾液がまぶされていたおかげでパイズリ自体もスムーズで、心地よさだけがもたらされるのだ。

何より、女性が胸の谷間に肉棒を挟み込んで奉仕しているというシチュエーションが、牡の本能を刺激してやまない。

った。

（ああ、もっとパイズリを堪能したい……けど、もう出そう！）

急速に射精感が湧き上がってきて、省吾は心の中で無念さを抱かずにはいられなかった。

もともと、カウパー氏腺液が出るくらい昂っていたところに、このような行為をされたのである。腰に込み上げてきた衝動を我慢するなど、不可能と言っていい。

「んはっ。オチ×チン、んんっ、ヒクヒクしてぇ……んはっ、出そうっ、んふっ、なんですねぇ？ ふはっ、いいですよぉ。んんっ、お風呂場なんですからっ、ふあっ、遠慮せずにっ、んんっ、出してっ、んはあっ、くださぁい」

省吾が口を開くよりも早く、久美子がパイズリを続けながらそんなことを言った。

そうして、手を動かしたまま先端に舌を這わせだす。

「んっ、レロ、ふはっ、チロロ……」

「くはあっ！ ぱ、パイズリフェラ……ああっ！ これっ、マジでヤバイですっ！」

強烈すぎる刺激を受けて、省吾はおとがいを反らしながら思わずそう訴えていた。

パイズリとフェラチオと、どちらか片方だけでも充分すぎる気持ちよさだというのに、両方の刺激が一度に分身からもたらされたのである。その強すぎる性電気が脊髄を伝って脳を灼き、あっという間に我慢の限界点を破壊してしまう。

「うああっ！　で、出る！」

と口走るなり、省吾は目を閉じた爆乳未亡人の顔面に、大量の白濁のシャワーを浴びせていた。

7

射精が終わると、久美子は瞼《まぶた》の周辺の精液を手探りで拭き取ってから、ゆっくりと目を開けた。

「はあ～。いっぱい出ましたねぇ？　それに、匂いもすごいですぅ」

恍惚とした表情を見せながら間延びした声で言ってから、彼女は自分の顔に付着している白濁液を拭った。そして、それを口に運ぶ。

「ペロ……はあ、とっても濃いです。死んだ夫のよりずっと濃くてぇ、この味だけでも身体の疼きが増しちゃいますぅ」

と、妖艶な笑みを浮かべつつ、久美子は熱心にスペルマを舐め続ける。

そんな彼女の姿に、省吾のほうも興奮を抑えられなかった。一発出した直後だというのに、分身の硬度は衰えることなく天を向いてそそり立ち、挿入への欲求が沸々《ふつふつ》と湧き上がってくる。

間もなく、爆乳未亡人は顔に付着していた精液をあらかた舐め終え、改めてこちらに目を向けた。

「省吾さんのオチ×チン、あんなに出したのにまだ硬いままぁ……ああ、わたし本当にこれ以上は我慢できませぇん」

そう言うと、彼女は後ろを向いて四つん這いになり、こちらにふくよかなヒップを突き出した。

「省吾さぁん。早く、その大きなオチ×チンを、わたしにくださぁい」

と、久美子が腰を妖しく揺らす。

その動きに誘われるように、省吾は「は、はい」と応じて風呂椅子から立ち上がって彼女に近づいた。

童貞の頃ならば、相手が未亡人でパイズリフェラまでされたとしても、さすがに本番行為には躊躇していただろう。だが、希美と二度関係を持ち、生の女体の魅力を知った今は、自分でも驚くくらい挿入を望む牡の本能に抗《あらが》うことができなかった。

それに、白く豊満なヒップが乳房に劣らず魅力的で、見ているだけでも興奮が煽られる。

また、近くで観察すると、久美子の秘部は愛撫をしていないにも拘《かか》わらず、既に充分すぎるくらい蜜をしたためていた。それに、内股にも透明な液の筋ができている。おそらく、もともと昂っていたことに加えて、パイズリで自身も快感を得ていたのだろう。

我慢できなくなった省吾は、片手で揺れる腰を摑んで動きを止めると、もう片方の手でペニスを握って角度を合わせた。

そうして、秘部に先端が当たっただけで、爆乳未亡人の口から「んああっ」と甘い声がこぼれ出る。

省吾は腰に力を入れ、分身を割れ目に押し込んだ。

「はあああっ！　入ってきましたぁ！」

挿入と同時に、久美子がおとがいを反らして悦びの声を浴室に響かせる。

省吾はそのまま進入を続け、やがて下腹部と彼女のヒップが当たって先に進めなくなったところで動きを止めた。

「ふああ……深いところまで、オチ×チンが届いてぇ……こんなの、初めてですぅ」

身体を震わせながら、爆乳未亡人が恍惚とした声でそんなことを言う。

（ううっ。久美子さんの中、チ×ポに吸いついてきて気持ちいい！）

省吾は、希美と異なる膣内の感触に、心の中で驚きの声をあげていた。

美人ライターの膣は、どちらかと言えばペニスに絡みついてくる感覚が強かった。

しかし、久美子の内部はまるで肉棒にへばりついてくるような感じがする。

同じ「女性器の中」でありながら、これほど個人差があるというのは、かなり意外な気がしてならなかった。もっとも、男性器も大きさや形に違いがあるのだから、秘部の内側が個人個人で違っても不思議ではない、とも思うのだが。

それに、どちらの内部も気持ちいいことに変わりはなく、優劣をつけられるようなものではない。

「省吾さぁん、早く、早く動いてくださぁい」

膣の感触に浸っていた省吾は、爆乳未亡人の切なげな声でようやく我に返った。

「あっ……と、すみません。それじゃあ」

と応じて、省吾は彼女の腰を摑み直した。そして、まずは動きを確かめるように慎重に抽送を開始する。

「んっ、あっ、あんっ！　これっ、はうっ、すごいですぅ！　あんっ、子宮っ、はあっ、オチ×チンッ、あううっ、届いてぇ！　はあっ、あんっ……！」

たちまち、久美子がそんな悦びに満ちた喘ぎ声をこぼしだした。

その様子を見ながら、少しずつピストン運動を大きく激しくしていく。

「はうっ、あんっ、これぇ！　ひゃうっ、こんなっ、ひううっ、深いっ、あううっ、初めてでぇ！　きゃうんっ、すごすぎっ……ひああっ、変にっ、あぁんっ、なっちゃいますぅ！　ひゃうんっ、あああっ……！」

爆乳未亡人が、こちらの動きに合わせて甲高い声で喘ぐ。

美人ライターの折り紙付きのペニスだが、どうやら彼女も充分に快感を得てくれているらしい。

（とはいえ、こっちもまだ慣れていないし、久美子さんをもっと感じさせるために、もう一工夫したいところだけど……）

抽送を続けながら、そんなことを考えてふと顔を上げると、対面の洗い場の鏡に自分たちの姿が映っているのが目に入った。

（あっ、そうだ！　これなら……）

一つの方法が閃いて、省吾はいったん動きを止めた。

すると、久美子が「えっ？」と疑問の声をあげてこちらに目を向けてくる。

「久美子さん、身体を持ち上げるんで、ちょっと覚悟してください」

と声をかけて、省吾は手近な風呂椅子を傍《かたわ》らに寄せた。それから、彼女の脇腹に手を移動させて力を込め、身体を起こす。

「んあっ。省吾さん？」

「このまま、椅子に座りますよ？」

困惑の声を無視してそう言うと、省吾はやや強引に爆乳未亡人の身体を持ち上げ、位置を移動して椅子に腰を下ろした。

途端に、奥を突き上げられた久美子が、「ひゃううん！」と甲高い声を響かせて大きくのけ反る。

そうして背面座位の体勢になると、省吾は身体の向きを反転させて、最も近いカランのほうを向いた。

すると当然、結合した二人の姿が鏡に大きく映り、普通なら男が背面にいると見ることができない彼女の大きな乳房も、ペニスを咥え込んだ秘部も丸見えになる。

「ああ……こんなの、すごく恥ずかしいですぅ」

鏡に映った自分の姿を見て、爆乳未亡人がそんなことを口にして視線をそらした。

だが、同時に膣肉が締まり、一物に甘美な刺激がもたらされる。この反応から考えて、彼女も実は興奮している可能性が高い。

そう判断した省吾は、両手でロケット型の豊満なふくらみを鷲掴みにした。

「はああんっ！　それぇぇ！」

爆乳を掴まれた久美子が、おとがいを反らして甲高い声を張りあげる。しかし、その声のトーンからは、嫌がっている様子はまったく感じられない。

そこで省吾は、力を入れすぎないように気をつけながら、乳房をグニグニと揉みしだきだした。

「はあっ、ああんっ、その手つきぃ！　あんっ、オッパイッ、ふああっ、感じちゃいますぅ！　はあっ、あんっ……！」

たちまち、爆乳未亡人が艶めかしい喘ぎ声をこぼすようになる。

(やっぱり、すごい。手からこぼれ出るボリュームもそうだけど、希美さんのオッパイより柔らかくて、少し力を入れるだけで指がズブズブ沈み込む。それに、こうして揉むたびに形が変わって、なんだか粘土遊びをしているような感じだよ)

愛撫をしながら、省吾はそんな驚きを隠せずにいた。

パイズリで分かっているつもりだったが、この柔らかさとボリューム感は、手で触れて初めて本来のよさを理解できると言っていいだろう。

そうしていると、省吾は彼女の腰が切なそうに小さく動いていることに気付いた。

「久美子さん、自分で動いてください。僕、椅子に座っているから、動くのがちょっと難しくて」

と指示を出すと、爆乳未亡人が「は、はい」と応じた。そして、省吾の膝に手を置いて足に力を込めて、小さな上下動を開始する。

「あっ、はっ、あんっ、これぇ！　んはっ、子宮っ、ああんっ、突き上げっ……きゃふっ、オッパイもっ、はううっ、よくてぇ！　ひゃふうっ、頭っ、ああっ、真っ白にぃ！　あんっ、ああんっ……！」

久美子が腰を振りながら、甲高い喘ぎ声を浴室に響かせる。ただ、背面座位の経験があるのか、その動きには戸惑う様子がまったくない。

「くうっ。僕も、気持ちよくて……正面を見てください。僕のチ×ポが、久美子さんのオマ×コにズブズブ出たり入ったりしているの、はっきり見えますよ」

省吾が指摘すると、彼女は動きながら鏡のほうに目を向けた。

「ああっ、本当……んあっ、オチ×チンッ、んはっ、わたしのっ、あんっ、オマ×コにぃ……ああっ、すごく恥ずかしいですぅ」

そう言って、爆乳未亡人は動きを止めて、すぐに鏡から目をそらしてしまう。

だが、その瞬間に膣道の蠢きが大きくなったことに、省吾は気付いていた。

（もしかして、久美子さんって恥ずかしいシチュエーションで興奮するタイプだったりする？）

そうだとしたら、彼女の羞恥心を刺激してやまないこの体位と状況は、むしろ好都合と言えるかもしれない。

「さあ、もっと動いて、恥ずかしい姿を僕に見せてください」

「ああ……は、はい」

バストを揉みながらのこちらの指示に、久美子が熱い吐息をこぼしながら応じて、抽送を再開した。

普段の省吾ならば、こんなことを口にするのに二の足を踏んでいただろう。しかし、希美から主導権を取った際に少し妙な興奮を味わったせいか、今は変なスイッチが入って自分でも驚くくらい開き直った心境になっていた。

「んあっ、あんっ、これぇ！　はうっ、すごっ……ひゃうっ！　あんっ、ああぁっ、はううっ！　あっ、あんっ……！」

爆乳未亡人のほうも、乳房を愛撫されながら動く自分の姿を鏡で見ることに興奮しているらしく、次第に抽送を速くしていく。

もちろん、潤滑油も量を増しており、その動きはスムーズそのものである。

省吾のほうは、下から突き上げるのが難しいぶん、乳房への愛撫をより強めて彼女に快感を送り込んだ。

「はあっ、こんなっ、あんっ、恥ずかしいのにぃ！　んああっ、オッパイッ、はううっ、オマ×コッ、はあんっ、気持ちよすぎぃ！　ああんっ、腰っ、はううっ、止められないですぅ！　ひゃうっ、あんっ、あああっ……！」

久美子が声のトーンを跳ね上げてそんなことを口にしつつ、いっそう動きを加速させていく。

さらに、吸いつくような膣肉が蠢いて、肉茎に甘美な刺激をもたらす。

(くうっ。これは……そろそろ、出そうだ)

射精の予感を抱きながら、省吾は胸を揉む手に力を込めた。

「ひああっ！　あっ、あんっ、もうっ！　んああっ、わたしぃ！　はああっ、イキそうですぅ！　あううっ、ああんっ……！」

爆乳未亡人が、切羽詰まった声で訴えてくる。

「久美子さん、僕ももう……抜かないと」

「ああっ、いいですぅ！　はあんっ、このままぁ！　ああっ、精液っ、はううっ、中にっ、あうんっ、中にくださぁい！　はあっ、ああんっ……！」

こちらの言葉に、そう応じて彼女が腰の動きを小刻みなものにする。

（そ、それはマズイのでは？）

と思ったものの、この体勢では強引に引っこ抜くのは難しい。

そうして、省吾がためらったわずかなタイミングで、

「ああっ、もうっ……イキますぅぅぅ！　んはあああああぁぁぁぁぁ‼」

久美子がおとがいを反らして、エクスタシーの声を浴室に響かせた。

同時に膣肉が収縮し、一物にとどめの刺激をもたらす。

そこで限界を迎えた省吾は、彼女の胸を摑んだまま「ううっ」と呻くなり、子宮に出来たての精を注ぎ込んでいた。

第三章　花散らし喘ぐ女子大生番頭

1

（ああ……本当に、僕はどうしたらいいいんだろう？）

その日の夕方も、省吾は男湯の脱衣所の整頓をしながら、一人思い悩んでいた。

何しろ、希美だけでなく久美子とも関係を結んでしまったのだ。

異性を意識するようになってから大学卒業まで、風俗経験すらない真性童貞だったのに、この短期間で二人の女性とねんごろな間柄になった。しかも、いずれも胸の大きな年上美女で、銭湯の常連客なのである。

もちろん、それだけなら幸運な出来事というだけで済んだだろう。向こうも、どうやら自分の性的な欲求不満を解消したかっただけらしく、関係を持ったあとも以前とほとんど変わらない態度なのだ。ようは、セックスフレンド感覚なのだろう。

さすがに、関係する前より多少親しげになった気はするものの、極端に恋人気取りにならないだけマシかもしれない。

とにかく、省吾には知香という思いを寄せる相手がいるのだ。ましてや、今は彼女と同じ場所で働いているのである。それなのに、他の女性と深い仲になった上にベタベタなどされたら、どう対応すればいいか分からなくなっていたのは間違いあるまい。

それに、しばしば「生真面目《きまじめ》だが融通《ゆうずう》が利かない」と評される、省吾自身の性格の問題もあった。

たとえ、希美と久美子のほうが省吾との関係を「セックスフレンドのようなもの」と割り切っていたとしても、こちらはそこまでドライに考えられないのだ。

だが、幼馴染みや年上美女たちのことを考えるほど泥沼にハマっていく感じで、何をどうすればいいのか見当がつかなくなる。

(知香ちゃんに、素直に打ち明けるべきかな？　いや、でも僕たちはまだ付き合ってないんだから、厳密には浮気ってわけでもないし……それに、迂闊《うかつ》なことを言うと藪《やぶ》蛇《へび》になる気もするし……)

ここ数日、省吾はずっとそんなことを思っていた。しかし、思考がひたすら堂々巡りをするだけで、いい考えがまるで浮かんでこない。

こういうとき、「遊び」や「身体だけの関係」と割り切れない自分の性格が、つくづく恨めしく思えてならなかった。

「ちょっと、省吾くん？　いつまで掃除をしているの？」

という知香の声がして、省吾はようやく我に返った。そして、物思いに耽っていて手がすっかり止まっていたことに気付く。

「あっ。ご、ゴメン。すぐ終わらせるから」

そう応じて、省吾は手早く床や洗面台の清掃をした。

「もう。省吾くん、最近たるんでいるんじゃない？」

省吾が脱衣所から出ると、知香が頬をふくらませながら注意をしてきた。

「えっと、ゴメン。ちょっと、考え事があってさ」

「もしかして、まだ将来のことで悩んでいるの？」

こちらの釈明に対して、幼馴染みがやや呆れた様子で言う。

そういえば、希美と関係を持ったあと、挙動不審になっているのを指摘されたとき、「将来のことを考えていて」と言い訳したのである。どうやら、彼女は省吾が未だにそれで悩んでいると思ったらしい。

「あっ……っと、まぁ、それももちろんあるんだけどね。なんか、色々と考えることが多いんだよ」

と返事をすると、知香のほうは「ふーん」とジト目で見つめた。

そうして凝視されると、ついつい罪悪感が湧いてきて、目を合わせていられなくなってしまう。

「はぁ。ねぇ、省吾くん？　あのさ、間違っていたら申し訳ないんだけど……」

愛らしい幼馴染みが、ため息をついてから真剣な表情で切り出したとき、

「こんにちは、知香さん、省吾さん」

と声がして、久美子が玄関から入ってくるのが見えた。

「あっ、久美子さん。こんにちは、いらっしゃいませ」

知香が、すぐに笑顔で挨拶を返す。

「えっと、久美子さんいらっしゃいませ。じゃあ、知香ちゃん？　僕は、待合室の掃除をするから」

そう言って、省吾は爆乳美女を避けるように、そそくさとフロントを離れる。

さすがに、まだ関係を持って間もない未亡人と普通に会話できる気はしなかった。

ここは、ひとまず逃げの一手を打つしかあるまい。

だが、知香がそんな自分の後ろ姿を訝《いぶか》しむように見ていたことに、省吾はまったく気付いていなかった。

2

さらに数日が過ぎた、火曜日の二十時過ぎ。

「じゃあ、省吾くん？　申し訳ないんだけど、あとのことはよろしくね？」

「了解。大丈夫だから、早く帰りなよ」

なんとも済まなさそうな幼馴染みに、省吾はそう声をかけた。

知香は明日の定休日、所属するゼミの合宿に顔を出さなくてはならないらしい。

なんでも、本来は今日から泊まりがけでやっているのだが、彼女は卒業論文のテーマと仕事内容が一致していることもあり、銭湯を優先することが許されたそうである。

ただ、営業日と重なっていたり日帰りで行けないならともかく、定休日に行ける場所でやっている合宿を丸々欠席するわけにはいかず、明日は朝早くから合宿先に向かわなくてはならない。そのため、準備をする時間も鑑《かんが》みて、今日は早めに切り上げることにしたのだ。

幸いと言うべきか、既に忙しさのピークの時間帯は過ぎたので、いつもと同じならもう閉店時刻まで来客はほとんどない。現在も、男湯には客が三人、女湯にも久美子ともう一人の客しかいないので、あとは省吾一人でも乗り切れるだろう。

「それじゃあ、お願いね。お先に」

「はい、お疲れさま」

そう挨拶を交わすと、知香はそそくさと控え室に入っていった。そして、上着とダウンコートを着て銭湯を出ていく。

(ゼミ合宿か。僕の大学のゼミじゃ、そんなこと一度もしなかったよなぁ。大学によるのか、それとも教授の熱心さの差かな？)

省吾が大学で選んだゼミは、ゼミ内の飲み会すら年に一度くらいしかなく、授業以外でメンバーとの接点もほぼなかった。そのぶん、卒業論文のテーマも知香が聞いたら驚くのは間違いないくらい適当でよく、気楽ではあったのだが。

そんなことを思いながら、省吾は彼女を見送った。

その後、男性客と女性客が一人ずつ出ていき、少し経ってからお風呂セットとコートを手に持った久美子が女湯の脱衣所から出てきた。

「あら？　知香さんは？」

と、フロントを見て爆乳未亡人が首を傾げる。

ドライヤーで髪を乾かしているとはいえ、風呂上がりの彼女からはそこはかとない色気が漂ってきて、何気ない仕草だけでも胸の高鳴りを覚えずにはいられない。

「あっ。えっと、明日は朝早くから大学のゼミ合宿に行かなきゃいけないってことなんで、今日はもう帰りました」

「ああ、そうでしたか。じゃあ、またお手伝いしましょうか？」

説明を聞いた久美子が、悪戯っぽい笑みを浮かべながら言う。

「えっ？　い、いや、その、この時間なら一人でも大丈夫なんで」

からかわれていると思いながらも、省吾は動揺を隠せずにいた。

「ふふっ、そうですか。それじゃあ、わたしは一休みさせてもらいますねぇ。今日は、いつもより遅い時間まで働いていて、さすがに疲れちゃったので。それに、明日はお店がお休みだから、急いで帰る必要もありませんし」

そう言って、久美子は待合室の自動販売機でフルーツ牛乳を購入して、ソファに座ってくつろぎだした。

普段であれば、彼女が「野上の湯」に来るのは十八時前後である。しかし、パート先の店が明日は臨時休業になるため仕事が立て込み、今日は長く働かざるを得なかったそうで、十九時半過ぎにようやく来店したのだった。そのぶんゆっくりくつろぎたい、という気持ちは理解できる。

そうこうしているうちに、残っていた男性客たちも一人、また一人と帰路に就き、最終受付の二十一時にはとうとう久美子以外は誰もいなくなってしまった。

（久美子さん、まだ帰らないのかな？　もちろん、閉店は二十二時だから、あと一時間はいても問題ないんだけど）

ただ、他の客がいないので、彼女が帰れば正面のドアの鍵を閉めた時点で閉店となり、掃除などしても早めに帰宅できる。

とはいえ、まさか「まだ閉店時刻じゃないけど、自分が早く帰りたいから退店してくれ」と言うわけにもいくまい。ましてや、久美子は単に客というだけでなく、肌を重ねた仲なのだから、そう邪険《じゃけん》な扱いなどできるはずがない。

そんなことを思いつつ、省吾は外に出て看板を消灯するなど閉店の準備を進めた。

だが、屋内に戻って待合室を見ると、爆乳未亡人はフルーツ牛乳をチビチビと飲みながらソファでスマートフォンを弄っていて、帰る様子がまったくない。

（久美子さんと、誰もいない銭湯で二人きりか……）

このシチュエーションになると、あの爆乳の手触りや膣の感触、彼女の喘ぎ声といった記憶が生々しく甦り、セックスへの情動が自然に湧き上がってくる。

（ああ、イカン。ただでさえ、流されたことをずっと悩んでいるのに、また久美子さんとエッチしたら僕はどうなっちゃうんだ？）

女性の側が割り切っていたとしても、こちらは「身体だけの関係だから」とドライに考えることができないのだ。この状況で、彼女ともさらに関係を深めてしまったら、いったい自分の心がどうなってしまうのか、まるで想像がつかない。

そんな思いをどうにか抑え込みながら、省吾はロッカーから掃除道具を取り出した。

そして、男湯の浴室と脱衣所の掃除と整頓に入る。

こうして働いていれば、爆乳未亡人も諦めて帰ってくれるのではないか、と思ったが、掃除を一通り終えて待合室に出てみると、まだ彼女はソファでくつろいでいた。

「省吾さん、お掃除お疲れさまです。女湯のお掃除、手伝いましょうか？」

顔を上げた久美子が、笑顔でそう訊いてくる。

「い、いえ、大丈夫です。明後日、知香ちゃんが早く来てやるって言っていたんで」

省吾は、慌てて彼女の申し出を断った。

前回、久美子に手伝ってもらったときは、あとで幼馴染みに事情を説明するのに苦労したものである。何しろ、女湯が綺麗に掃除されていたのだから、男の省吾がやったのかと疑いの目を向けられたのだ。

そのため、省吾は久美子の自発的な申し出を受けて手伝ってもらった旨を、肉体関係の件は伏せて話したのだった。もちろん、自分が体調不良で早退していなければ必要なかったことなのだから、知香も話を聞いて納得はしていたし、あとで爆乳未亡人に謝罪とお礼を述べていたが。

ただ、それでも二日ほど幼馴染みの機嫌が悪くなって、省吾はどうしたものかと頭を悩ませたのである。あのときと同じ思いをするのは、さすがに勘弁して欲しい、というのが正直な気持ちだった。

「えっと、それじゃあ待合室の掃除をしたいんですけど……」

省吾が暗に退店を促すと、久美子はにこやかな笑みを浮かべたまま口を開いた。

「あらあら、省吾さん？　わたしが残っている理由、まさか分からないはずがないですよねぇ？」

(うわー、やっぱりか。久美子さん、僕とまたエッチしたくて残っていたんだ)

彼女の言葉に、省吾は内心で頭を抱えていた。

なんとなくそんな予感は抱いていたのだが、考えないようにしていたのである。だが、どうやら爆乳未亡人は、本気で二度目の関係を望んでいるらしい。

「久美子さん……その、どうして?」

「だって、省吾さんのオチ×ポ、すごくよくて……死んだ夫でも、あんなに感じたことはなかったですよ。ただ、そのせいでオナニーをしても、なんだか物足りなくなっちゃって、またあなたとしたいってずっと思っていたんです。こんなに早く、機会が巡ってくるなんて思いもよらなかったから、とってもラッキーでした」

困惑する省吾に対して、そう言って久美子が身体を寄せてくる。

すると、小一時間ほど経っているとはいえ、まだ彼女の髪からはシャンプーの香りに混じって女性特有の甘い匂いが香ってきた。さらに、女体のぬくもりとブラジャーに包まれたふくらみの柔らかな感触も伝わってきて、どうにか抑え込んでいた性欲が著《いちじる》しく刺激されてしまう。

「くうっ。だ、ダメです、久美子さん。これ以上は……」

と、省吾は爆乳未亡人を引き離そうとした。

「知香ちゃんに、操《みさお》を立てているんですか? でも、わたしたち、もう関係を持っていますし……」

彼女はそう言って、構わず股間に手を這わせてくる。

実際、そこは既に血液が集まって体積を増しており、触られただけで性電気が流れて「うっ」と声がこぼれてしまう。

「うふっ。ここは、正直ですねぇ？　ねえ、省吾さん？　本当は、わたしとまたしたいんですよね？　だったら、遠慮しなくてもいいんですよぉ？」

と、久美子が艶めかしい声で誘ってくる。

（うう……そ、そりゃあしたいけど、知香ちゃんのことを……ああ、久美子さんのオッパイが押し当てられて、体温と匂いが……ヤバイ、我慢できなくなってきた）

爆乳未亡人の甘い誘惑に、省吾は自分の思考が麻痺していくのを感じていた。

さらに、彼女がズボンの上から股間をさすって、勃起した一物に刺激を加えてくる。

その心地よさに耐えきれず、省吾は腰が砕けて尻餅をついてしまった。

すると、すぐに久美子がまたがってきて、まるで押し倒されたような格好になる。

「はぁ、省吾さぁん」

濡れた目でこちらを見つめ、爆乳未亡人が顔を近づけてきた。そして、たちまちその唇が省吾の唇に重なる。

「んっ。ちゅっ、ちゅぱ、んむ……」

彼女が、声を漏らしながらついばむようなキスをし始めた。

そうして、ひとしきり唇を貪ると、動きを止めて舌をねじ込んでくる。

「んじゅる……んっ、んむむ……んむ、んじゅ、じゅぶる……」

久美子が舌を絡みつけてくると、舌同士の接点から痺《しび》れるような甘美な性電気が発生した。

（くうっ。改めてこうされると、舌の動きが希美さんとは違う。それにいつもはおしとやかな久美子さんが、自分からこんなに……）

もたらされた快感に酔いしれながら、省吾はそんな驚きを禁じ得ずにいた。

フェラチオのときもそうだったが、美人ライターと彼女の舌使いには明らかな違いがある。とはいえ、どちらのキスも気持ちいいのは間違いなく、フェラチオと同様に甲乙はつけがたい。

ただ、希美の場合はセックスに前向きなのはイメージどおりという感じなのだが、久美子の場合は普段がおしとやかということもあり、こうした行為に積極的という印象ではない。そのぶん、前回はもちろん今回も意外な彼女の積極性に戸惑い、されるがままになってしまっているのも事実だった。

もっとも、二年前に夫に先立たれてからご無沙汰だったとはいえ、セックスの経験者である以上、一度だけでは我慢できなくなったのも仕方がないのかもしれないが。

そして、未亡人の性欲のトリガーを引いたのは、他ならぬ省吾自身なのである。

そんなことを思うと、理性の壁が崩壊していき、いつしか省吾も自ら舌を動かしだしていた。

3

「レロ、レロ……くうっ。チロロ……」

「んんっ。んぐ、んむぅ……んんっ……」

静かな待合室に、省吾と久美子のくぐもった声と粘着質な音が響く。

今、ズボンとパンツを脱がされて下半身を丸出しにした省吾の上には久美子がまたがり、お互いの性器を刺激し合っていた。俗に言う、シックスナインである。

省吾も、彼女のスカートを腰に残し、ショーツだけを脱がして秘裂を舐めていた。

もともと、うっすら蜜がにじんでいた爆乳未亡人の割れ目からは、今や透明な液が舐めるのも追いつかないくらい溢れ出し、唾液と混じって秘部全体を潤している。

一方の久美子は、ひとしきり舐め回してからペニスを咥え込んで、熱心にストロークをしていた。ただ、こちらに秘部を刺激されているせいか、その動きはかなり乱れがちである。

もっとも、それによってイレギュラーな快感が一物からもたらされて、省吾のほうも舌の動きが乱れがちになってしまうのだが。

おかげで、お互いに予想外の快感を循環させ合っている気がしてならない。

(それにしても、久美子さんが待合室でしたがるなんて……)

秘裂を舐めながら、省吾はそんな思いを抱かずにはいられなかった。

こちらとしては、後片付けのことなども考えて、キスのあと浴室に移動するつもりだったのである。ところが爆乳未亡人は、「このまま ここでしましょう」と提案してきて、すぐに省吾のズボンを脱がしにかかった。結局、その勢いに圧《お》される形で、省吾も彼女のショーツだけ脱がすとシックスナインを始めたのだった。

とにかく、穏やかな性格で普段は爆乳以外に性的なことをあまり意識させない女性から求められると、奔放な相手には抱かない背徳的な興奮を覚えてしまう。

そうした思いと、久美子のヴァギナから漂ってくる牝《めす》の匂い、それに蜜の味が射精感を煽り立てる。

(くうっ、初めてのシックスナインだから、これ以上は……久美子さんも、限界が近そうだし、どうせなら一緒にイキたいな)

舌を動かしながら、省吾はそんなことを考えていた。

実際、秘部から溢れる愛液は粘度を増し、その量も明らかに先ほどまでより増えている。彼女も絶頂間際なのは、間違いあるまい。そうであれば、同時に達するのが理想と言えるだろう。

そこで省吾は、秘裂を割り開いて内側で存在感を増した肉豆に舌を這わせた。

「レロ、レロ……」

「んんーっ！　むむむっ！　んじゅぶっ、んんっ……！」

クリトリスへの刺激が強すぎたのか、たちまち久美子のストロークが大きく乱れた。

しかし、それがかえって予想外の性電気を一物にもたらす。

（ヤバイ！　出る！）

と思った途端に限界を迎えて、省吾は彼女の口内に白濁液を発射した。

同時に、半ば無意識に肉豆を舌先で押し込むように刺激する。

「んむうううぅぅぅぅぅぅ!!」

爆乳未亡人が、ペニスを咥えたままくぐもった声をこぼして身体を強張らせた。それに合わせて、割れ目から噴き出した透明な潮が省吾の口元を濡らす。

おそらく、これが「潮吹き」というものなのだろう。

その現象はわずかな時間で終わり、間もなく彼女が虚脱した。

ほぼ同じタイミングで射精も終わって、こちらも心地よい虚脱感に見舞われる。

すると、久美子が「んっ」と声を漏らしながら、精液をこぼさないようにしてゆっくりと顔を上げて一物を口から出した。そうして、省吾の上からどくとその場にペタン座りをする。

「んっ……んぐ、んぐ……」

(うわぁ。久美子さん、僕の精液を飲んで……)

目の前の光景に、省吾は驚きを隠せなかった。

これまで、希美と久美子に一度ずつフェラチオで射精させてもらったが、いずれも顔射だった。つまり、口内射精すら実際にしたのは初めてなのである。

もちろん、アダルト動画などで行為自体は見知っていた。だが、爆乳未亡人が精飲までしてくれるとは、さすがに予想外のことだ。もっとも、彼女は前回も顔に付着した精液を舐め取っていたので、この行為にあまり抵抗を感じていないのかもしれない。

こういうところも、普段の姿からは意外に思えてならない。

省吾がそんなことを思っていると、久美子は口内の白濁液を処理し終えたらしく、

「ふはっ」と大きく息をついて、濡れた目をこちらに向けた。

「はぁ、省吾さんの精液、やっぱり濃くて、それに量も多くて飲み込むのが大変でし

たぁ。だけど一緒にイケて、とっても嬉しいですぅ」

恍惚とした表情を浮かべ、間延びした声でそう口にした爆乳美女の姿に、省吾のほうも挿入への欲求を抑えきれなくなってしまう。

「くうっ！　久美子さん！」

と、省吾は身体を起こすなり、未亡人に飛びかかって押し倒していた。

その行動に、彼女は「あっ」と声をあげたものの、特に抵抗する素振りも見せず身体を床に横たえる。

省吾は、改めてスカートをたくし上げて、濡れそぼった秘部を露出させた。

そして、脚の間に入り、男を誘うように妖しくヒクついている秘裂に、射精しても未だに勃起したままの一物をあてがう。

「ああ、省吾さんのオチ×チン……」

先端が割れ目に触れただけで、爆乳未亡人が熱い吐息混じりの声をこぼし、期待に満ちた目をこちらに向けてくる。

その視線に導かれるように、省吾は分身を押し込んだ。

「んはああっ！　大きなオチ×チン、入ってきましたぁぁ！」

悦びに満ちた声をあげ、久美子が肉茎を受け入れる。

一気に奥まで挿入すると、省吾は彼女の腰を摑んで持ち上げた。そして、膝立ちの状態で抽送を開始する。

「あんっ、あんっ、いいですっ！　はあっ、これぇ！　あんっ、奥にっ、ひゃうっ、当たるぅ！　ああっ、きゃうっ……！」

ピストン運動に合わせて、たちまち爆乳未亡人が喘ぎだす。

同時に身体も揺れて、服に隠れた大きなふくらみもユサユサと揺れる。彼女ほどのボリュームになると、仰向《あおむ》けになっても充分すぎる存在感があり、ブラジャーでも揺れを抑えきれないようだ。

そこで省吾は、いったん腰をとめると、久美子の服をたくし上げて淡い青色のフロントホックブラを露出させた。

さらにホックを外すと、カップに包まれていた豊満な乳房が、バインと音を立ててんばかりに姿を見せる。

(やっぱり、久美子さんのオッパイはすごいんだな)

そんなことを思いながら、省吾は両手を圧倒的とも言える大きさのバストに這わせた。そして、ふくらみをグニグニと揉みしだきながら、抽送を再開する。

「はあんっ、両方！　ああっ、これぇ！　はううっ、感じすぎっ、ああっ、ひゃうっ、あんっ……！」

たちまち、久美子が甲高い嬌声をあげだした。

やはり、膣とバストを両方責められると、彼女は感じやすくなるらしい。

その爆乳未亡人の様子に、省吾は新鮮な興奮を覚えていた。

（久美子さんの中も、オッパイもすごくよくて……もっと、もっと堪能したい）

という思いだけが心を支配し、牡の本能が省吾を突き動かす。

それに、浴室での行為も本来はしてはいけない場所ということで興奮できるが、待合室というのはより背徳感があった。

何しろ、覗《のぞ》かれる心配のない位置にあるとはいえ、ここは壁を挟んですぐに外なのだ。銭湯の前は駐車場なので、建物は道路からやや離れているものの、もしも誰かが徒歩で近くを通ったら声を聞かれてしまう可能性は充分にある。もっとも、こんな時間に「野上の湯」が建っている道を歩く人間など、ほぼいないのだが。

そう分かっているからか、久美子も声を抑えようとしなかった。

とはいえ、脱衣所や浴室よりもリスクが高いのは間違いない。ただ、そのぶんスリルが興奮にすり替わっているようだ。

背面座位のとき、鏡で自分の姿を見た際も彼女は相当に感じていた。やはり、羞恥心を抱くと昂る性質を持っているのだろう。

そんなことを考えながら、省吾もこれまでとは異なる新鮮な興奮を覚えていた。

(待合室だから？　いや……あっ、そうか。久美子さんが、服を着ているんだ)

希美としたときは、二度とも彼女は素っ裸になったし、久美子とも前回は全裸でした。たくし上げた状態とはいえ、服を着用したままというのは初めての経験なのである。

お互い裸だと、いかにも和姦という感じがするが、着衣のままだと強引に犯しているような感覚がある。もちろん、実際にレイプするつもりはないし、今も合意の上での行為だが、シチュエーションの新鮮さが今までとは違った興奮に繋がっていることは否定できない。

とはいえ、さすがに胸を愛撫しながらのピストン運動をするというのは、まだビギナーの域を出ない人間にはいささか難しく、快感に没頭しきれなかった。

このままでは、こちらが達するより先に彼女がエクスタシーを迎えてしまうかもしれない。

(そうだ。じゃあ、今までにしたことのない体位を試してみよう)

と考えた省吾は、いったん腰の動きを止めて、乳房からも手を離した。

「んあっ。どうしてぇ？」

快感の注入が止まり、久美子が目を開けてやや不満げな声をあげる。

「ちょっと、体位を変えますね」

そう声をかけると、省吾は彼女の片足を持ち上げて足首を摑んだ。さらに、床の側にある足に自分の足を交差させるようにする。すると、脚が広がったぶん股間同士の密着度が増す。

そうして、いわゆる松葉崩しの体勢になると、省吾は抽送を再開した。

「んはっ、あっ、あんっ、これぇ！　はあっ、いいですぅ！　あんっ、すごっ、ひゃんっ、奥っ、ああっ、感じてぇ！　あうっ、ああっ、あんっ、はあんっ……！」

たちまち、久美子が甲高い喘ぎ声をこぼしだす。どうやら、正常位のときよりも快感を得ているらしい。

（くうっ。こっちも、思っていたより気持ちよくて……）

省吾のほうも、松葉崩しで生じた心地よさが予想以上で、ピストン運動を続けながら心の中で呻き声をこぼしていた。

女性の身体が横を向いたため、ペニスも膣道の側面を擦ることになる。それが、思いがけない性電気を生じさせている気がした。しかも、結合が深まったこともあるのか、吸いつくような膣肉の感触が抽送のたびに肉棒全体を刺激してくる。

「はああっ、あんっ、あんっ、しゅごぉ！　はううっ、あんっ、あああっ……！」

爆乳未亡人も、もはやほとんど言葉を発することなく、ピストン運動に合わせて甲高い喘ぎ声をこぼすだけになっていた。おそらく彼女も、これまでとは異なる快感に夢中になっているのだろう。

(ああ、久美子さんの中、すごく気持ちいぃ！　ずっと、こうしていたいくらいだよ！)

そんなことを思いながら、ひたすら抽送を続けていると、いよいよ射精感が込み上げてくる。

「ううっ……久美子さん。僕、そろそろ……」

「はああっ、わたしもぉ！　ああっ、もうイキそう！　あううっ、またっ、ああんっ、中にぃ！　はううっ、中にっ、きゃううっ、精液っ、ひゃふうっ、いっぱいっ、ああっ、くださぁい！　あっ、ひうっ……！」

爆乳を揺らして喘ぎながら、久美子がそう訴えてくる。

(また、中出し……)

というためらいの気持ちが、省吾の心に湧き上がった。

しかし、子宮を精で満たしたいという牡の本能には抗えず、そのままピストン運動を続ける。すると、吸いつくような膣肉が脈動し、抽送中のペニスに甘美な刺激がもたらされる。

そこで限界を迎えた省吾は、「ううっ」と呻くと出来たてのスペルマを女の中に注ぎ込んだ。

「んはあっ、中に出てぇ！　ふあああああああぁぁぁぁぁぁぁぁん!!」

射精を感じた瞬間、久美子も大きく背を反らして絶頂の声を待合室に響かせた。

4

(はぁ〜。本当に、これから僕はどうしたらいいんだろう？)

その日の終業後、省吾は男湯の湯船に浸《っ》かりながら、またしても物思いに耽って大きなため息をついていた。

閉店後、掃除などを終えたあとに誰もいない湯船を独占できるのは、銭湯で働く者の特権である。ほぼ一日の労働のあと、広い風呂に肩まで浸かって思い切り手足を伸ばすというのは、家庭の小さな風呂ではできない贅沢だ。

いつもなら、これでリラックスすることにより、疲れも取れやすくなる気がするところである。しかし、今は身体の疲れは抜けても心のほうがどうにも落ち着かず、リラックスには程遠い状態だった。

何しろ、希美だけでなく久美子とも、数日前に二度目の関係を結んだのである。あれだけ悩んでいたのに、女性に迫られるとつい欲望に流されてしまう。冷静になると、そんな優柔不断さと意志薄弱さが、我がことながらつくづく嫌になってくる。

もちろん、二人とも魅力的な年上美女なので、彼女たちから関係を求められて断れる男がいったいどれだけいるのか、という気はしていた。正直、よほど一途《いちず》で意志が強いか、貧乳好きのような性癖の持ち主でもない限り、拒みきれるとは思えない。

また、希美も久美子も省吾との本格的な交際を望んでいるわけでなく、知香に自分たちの関係を話すつもりはない、と言っていた点は安心材料である。

ただ、二人はそれでよくても、省吾のほうは都合のいい関係を割り切って考えられるほど女性慣れもしていなければ、ドライな性格もしていなかった。

しかし、だからこそ愛らしい幼馴染みと一緒に働いていると、情欲だけでなく罪悪感や羞恥心といった、さまざまな感情が湧いてきてしまう。そのため、ここ数日は彼女と面と向かって話すこともままならなくなっていた。

こういうとき、一見すると以前と変わらない態度で振る舞える二人の美人客の演技力に、感嘆せずにはいられなかった。自分では、逆立ちしても彼女たちのようなことはできそうにない。

とはいえ、そうであればこそ知香とこれからどう向き合っていくかが、大きな問題として省吾の心に重くのしかかっていた。

とにかく、今は考えがまったくまとまらないため、幼馴染みとの会話を可能な限り避けて、どうにかやり過ごしている状況である。

（ずっとこのままにはしておけないとは思うけど、僕と知香ちゃんは付き合っているわけじゃないからなぁ。それなのに、希美さんや久美子さんとの関係を謝るのも、なんか変な感じはするし）

彼女とは、現段階だとまだ「兄妹のように育った仲のいい幼馴染み」以上の間柄ではない。もし、向こうが省吾に異性としての特別な感情を抱いていないのであれば、女性常連客と関係した点を責められることはあっても、それで終わりだろう。

前にも考えたが、知香がこちらに持っている感情次第では、迂闊な発言はわざわざ藪をつついて蛇を出すことになりかねない。

（もしもそうだとしたら、ほとぼりがさめるまで今のまま乗り切るのがベターな方法って気もしているんだけど……)

問題があるとしたら、果たしてそれが自分にできるのか、またその間に希美と久美子からさらに求められたらどうするのかだろう。

「はぁ。このところ、同じことばかり考えているけど、ちっとも結論が出ないんだよなぁ。ホント、どうしよう?」

そう独りごちて、省吾は風呂を出た。そして、浴槽に一番近いカランの前に座る。

だが、髪を洗うためシャワーヘッドを手にしようとしたとき、いきなり男湯のドアがガラガラと開く音がした。

今日は既に閉店しているので、客が入ってくることはあり得ない。

反射的にそちらを見ると、なんと身体にバスタオルを巻いた格好の知香が入ってきたところである。

一瞬、水着を着ているかと思ったが、肌の露出部分を見た限り、バスタオルの向こう側が一糸まとわぬ姿なのは間違いあるまい。

それにしても、仕事中はミドルポニーにしている髪を下ろし、肩周りや太股を露わにした彼女の姿は、なんとも煽情的に見えてならなかった。また、肝心な部分はバスタオルで隠されているものの、それがむしろ絶妙なエロティシズムを醸し出している気がする。

加えて、頬を赤くして恥ずかしそうにしている表情が、普段の小動物のような快活な態度と異なる魅力を放っていた。

「ち、知香ちゃん!?　こっちは、男湯だよ!?」

「そ、そんなの、分かってるもん！　その、恥ずかしいけど、思い切って入ったんだから……」

こちらの指摘に対し、知香がやや狼狽《うろた》え気味に反論してくる。

もちろん、省吾がいなかったときは、彼女が営業時間中でも男湯の整頓や掃除をしていたのだから、こちらにも入り慣れてはいるはずである。しかし、さすがにバスタオル一枚でというのは経験がないため、緊張と羞恥心を抱いているのだろう。

もっとも、それは省吾のほうも同じだった。希美と久美子との経験で、多少は女性に慣れたつもりだったのだが、唐突にこのようなシチュエーションになると、頭がパニックになってどう反応していいか分からなくなってしまう。

「い、いったい、どうしたのさ？」

省吾が、動揺しながらもどうにか問いかけると、幼馴染みは愛らしい頬をプウッとふくらませた。

「むうっ。だって、お話ししたかったのに省吾くんったら最近、わたしのことをずっと避けていたし。だから、お風呂に入っているときなら逃げられない、と思ってさ」

そう言いながら、知香が近づいてくる。

どうやら、こちらの態度のおかしさは完全にバレバレだったらしい。

（そ、それにしても、知香ちゃんの身体が……）

省吾は、ついついバスタオル一枚の幼馴染みに見入っていた。

服の上からでも、知香の胸の大きさが希美や久美子に及んでいないのは分かっていた。とはいえ、それは二人のバストが大きいだけで、彼女も一般的な基準では決して小さいほうではない。しかも、百五十五センチと小柄なせいか、サイズ以上に乳房がふくらんで見える。

それに何より、バスタオルを身体に巻いただけという格好が、男心を絶妙にくすぐってやまない。

思わず見とれていた省吾だったが、幼馴染みが間近まで来たところで慌てて視線をそらした。

そうして自分の股間を見ると、既に一物は鎌首《かまくび》をもたげてきている。

己の欲望の高まりを悟られまいと、省吾は前に置いていたタオルを急いで股間にかけた。

（くうっ。これじゃあ、逃げられないぞ）

このまま立ち上がれば、どんなに急所を隠しても知香に昂りを知られるのは間違いない。だからといって、浴槽のほうに逃げても、彼女に逃げ道を塞《ふさ》がれていては無意味だ。それに、硫黄泉のようにお湯が白濁していれば勃起を隠せるが、透明な単純泉ではどうにもしようがない。

身動きできなくなった省吾が俯《うつむ》いたままでいると、斜め後ろまで来た知香が足をとめた。

「ねえ、省吾くん？　わたしのことを避けているのって、希美さんと久美子さんのことがあるから？」

そう問われて、省吾は思わず顔を上げ、鏡に映っている幼馴染みの姿を見た。

彼女の目は真剣で、冗談で訊いてきたようには見えない。

「ど、どうして二人と僕のことを……？」

「やっぱり、そうだったんだ。だって、省吾くんってば最初は希美さん、そのあと久美子さんに対する態度が、あからさまにおかしくなったんだもの。それに二人のほうも、普通っぽく振る舞っていたけど、このところ省吾くんを見る目が、以前と変わってなんだか熱っぽくなっていたからさ」

省吾の質問に、愛らしい幼馴染みが沈痛な表情で応じる。

さすがは、中学生の頃から銭湯を手伝ってきただけあると言うべきか、彼女は優れた観察眼を持っていたようだ。そのため、省吾はもちろんのこと、一見すると普段と変わらない態度だった二人の美人客の変化まで、目ざとく察していたようだ。

省吾は、自分のことで手一杯だったので気付いていなかったが、知香はこれまでも希美と久美子との関係について、問いただそうとしていたのかもしれない。

(二人のことを、なんとか誤魔化せないかな？)

と思ったものの、もともと真面目な省吾は嘘をつくのが苦手だった。

(それに、僕の嘘なんて知香ちゃんには通用しないだろうし)

彼女の観察力は今、目の前で証明されている。嘘が下手《へた》な自分が取り繕《つくろ》おうとしても、徒労に終わるのは間違いあるまい。

であれば、ここは素直にすべてを話して、あとはこの幼馴染みの判断に委《ゆだ》ねるのが最善策だろう。

「分かったよ。実は……」

と、省吾は二人と関係を持つに至った経緯について、若干ためらいながらもどうにか説明した。

鏡に映っている知香は、呆れたような驚いたような、なんとも複雑そうな表情を浮かべていた。それでも、黙ってこちらの話を聞いている。

「……と、いうわけなんだ」

「はあ。なんて言うか……まさか、わたしがいないときに二人と二回ずつ、そんなことをしていたなんて……」

説明が終わると、小柄な幼馴染みが苦虫を噛み潰したような顔で、ため息交じりにそんな言葉を漏らした。肉体関係については察していたものの、双方と複数回していたというのは予想外だったらしい。

「その、えっと……」

省吾は、なんとか続けて言い訳をしようとしたが、適切な表現が思い浮かばず言葉を濁すしかなかった。

（知香ちゃん、僕の話を聞いて、どう思ったんだろう？　やっぱり、呆れたよな。もしかしたら、銭湯をクビにされちゃうかも）

という心配が心をよぎったが、結局は自業自得と言えるのだから、ここはこの幼馴染みの決断に任せるしかあるまい。

そんなことを考えていると、彼女が意を決したように口を開いた。

「ところでさ……今の話を聞いた限り、どのときも省吾くんからは誘っていないんだよね？」

「それは、うん。希美さんや久美子さんから迫られて、ついつい興奮して流されてしちゃったけど」

幼馴染みの質問に、省吾は頷きながらそう答えた。

「そうなんだ。だ、だったら……」

と言うなり、彼女がバスタオルをはだけて裸体を晒す。

鏡でその姿を見ていた省吾が、「なっ!?」と声をあげて振り向くよりも早く、知香は背中に抱きついてきた。そのため、弾力と柔らかさを兼ね備えたふくらみの感触が背に広がった。同時に、彼女の体温も伝わってくる。

「ちっ、知香ちゃん!?」

「えっと……ど、どうかな？　わたしと、その、エッチ……したくなった？」

素っ頓狂な声をあげた省吾に対し、愛らしい幼馴染みが抱きついたままそんなことを口にする。

実際、彼女の乳房の感触と温度を背に受けた瞬間に、分身は一気に硬度を増していた。もっとも、今の知香は恥ずかしそうに自分の顔を省吾の頭の後ろに隠しているため、こちらの股間の様子には気付いていないだろうが。

ただ、それより何より省吾は幼馴染みの言葉に、驚きを隠せずにいた。

「えっ？　あ、その……知香ちゃん、それって、もしかして僕のこと……？」

「うん、好き……子供の頃から、ずっと省吾くんのことが好きだった。最初は、お兄ちゃんみたいな感じだったけど、省吾くんが中学に入って会う機会が減ってから、すごく寂しくて、やっと恋をしていたことに気付いたんだ。だから、本当は『野上の湯』で一緒に働けるのが、とっても嬉しくて、ドキドキしていて……でも、お仕事だからと思って気持ちを抑えていたの」

顔を隠したまま、知香がそんな告白をする。

さすがに、女性にここまで言われるとこちらも覚悟を決めるしかない、という気になる。

「そうだったんだ。その……僕も、知香ちゃんのことが前から好きだったんだ。でも、告白なんてしたら兄妹みたいないい関係が壊れるんじゃないか、って怖くて。それに、会う機会が減ったら意識するようになって、なんだか話しづらくなっちゃってさ」

省吾が意を決してそう口にすると、後ろで知香が小さく息を呑んだのが分かった。

「本当に？　本当に、わたしのことを？　希美さんと久美子さんは？」

「えっと……二人のことも、もちろん嫌いじゃないけど、知香ちゃんに持っている気持ちとは違うっていうか……『好きだ』って胸を張って言えるのは、知香ちゃんだけだよ」

「…………」

省吾が素直な気持ちを口にすると、幼馴染みは黙り込んだ。

鏡を見ても、彼女の顔は自分の頭に隠れて見えないので、どんな表情をしているか分からない。

そうして、浴室に少し沈黙の時間が流れると、背中に当てられた感触と幼馴染みの体温をいっそう意識せざるを得なくなる。すると、もはや誤魔化しようがないくらい、一物が屹立してタオルを押し上げてしまう。

「ね、ねえ？　だったら、わたしとエッチしてくれる、かな？」

ややあって、知香が消え入りそうな声で問いかけてきた。

「その……本当に、いいの？」

「うん……それに、そういうつもりじゃなかったら、裸で男湯に入ったりしなかったし……」

こちらの逆質問に、彼女が顔を隠したまま応じる。

確かに、ただ単に希美と久美子との関係を問いただすだけなら、服を着たままでよかったはずだ。わざわざバスタオル一枚の格好で来た段階で、知香の覚悟は推《お》して知るべしと言っていいだろう。

そのことに今の今まで気付かなかった時点で、自分が幼馴染みの唐突な登場に、どれだけ動揺していたかを痛感せずにはいられない。

「知香ちゃん。僕も、知香ちゃんとエッチしたい。本当は、前からしたいって思っていたんだ」

「本当？　わたし、希美さんや久美子さんみたいにオッパイ大きくないし……同情で、言っているんじゃないよね？」

なおも、自信なさげに知香が問いかけてくる。

分かっていたことだが、彼女は自己評価を低く見積もる傾向があった。そんな人間に、自信をつけさせるには……。

「じゃあさ……えっと、僕の股間を見てくれる？」

省吾がそう促すと、ずっと頭の後ろで顔を隠していた知香が、ようやく紅潮した顔を見せた。そして、肩越しにそこを覗き込むと、息を呑んで目を大きく見開く。

今、一物自体はタオルに隠れていて見えない。だが、しっかりとテントを張っているので、勃起しているのは誰であっても一目瞭然だろう。

「それ……そんなに、大きくなって……」

「うん。知香ちゃんのオッパイを押し当てられて、こんなに興奮しちゃったんだ。こうなったら、もう僕だって我慢できないよ。知香ちゃんと、今すぐエッチしたい」

驚く幼馴染みに対して、開き直った省吾はそう畳みかけるように言った。

「しょ、省吾くん……うん。その、わたし、初めてだから……えっと、優しくして欲しいけど……いいよ」

と応じて、知香が身体を離す。

そこで、省吾はようやく彼女のほうを向いた。

愛らしい幼馴染みは、離れるのと同時に床に座り込み、胸と股間を手で隠して俯いていた。しかし、手ですべてを隠しきれるものではなく、むしろそのポーズが煽情的に思えてならない。

(これが、知香ちゃんの裸……)

省吾は、彼女の裸体に見とれていた。

小学校低学年頃まで一緒に入浴したこともあるが、少なくとも思春期以降、知香のここまで露わな姿は一度も目にしていない。

身長こそやや低めだが、未だに高校生と間違われる愛らしい顔立ちと、それにいささか不釣り合いに思えるバストサイズ、細く引き締まったウエストにふくよかなバスト。そのどれもが、希美や久美子に勝るとも劣らず魅力的に思える。

湧き上がる愛《いと》おしさを我慢できなくなった省吾は、風呂椅子から立ち上がった。すると、タオルが落ちて勃起が露わになったが、今はそれも気にならない。

そうして、前にしゃがんで肩を摑むと、ようやく知香が顔を上げた。

「あっ……省吾くん……」

間近で視線が絡み合って、彼女が戸惑い気味の声を漏らした。が、すぐにこちらの意図を察したらしく、目を閉じて少し顔を上に向ける。

そんな童顔の幼馴染みに、省吾は優しく唇を重ねるのだった。

5

「んっ……んちゅ、ふあっ。ちゅっ……」

膝立ちしたまま、ついばむようなキスをするたびに、知香の口から吐息のような声がこぼれ出る。しかし、抵抗する素振りはまったく見せない。

ひとしきり可憐な唇の感触を堪能すると、省吾はいったん唇を貪る動きを止めた。

そして、彼女の口内に自分の舌を入れる。

すると、さすがに知香が「んんっ⁉」と驚きの声をこぼして、身体を強張らせた。

それでも省吾は、構わずに彼女の舌を絡め取るように舌を動かしだす。

「んろ……んじゅ、んむむ……」

舌同士が粘着質な音を立ててチークダンスを踊りだすと、幼馴染みの口からくぐもった声がこぼれ、その身体が小刻みに震える。

省吾のほうもそうだが、おそらく接点から性電気が発生しているのだろう。

しかも、彼女は控えめだったが自らも舌を動かしていた。もっとも、それが省吾の舌から逃れようとしての動きか、こちらに呼応してのものかは判断がつかないのだが。

ただ、実際の経験はないにせよ、この愛らしい幼馴染みも、なんらかの形でディープキスのことを知っていたのは間違いないようである。

(それにしても、希美さんや久美子さんとしてなかったら、こうして舌を絡めるなんて思いつかなかったかもしれないな)

そう考えると、経験させてくれた年上の二人に感謝したくなる。

「んっ……むんんっ、ンロロ……んじゅぶ、じゅろ……」

さらに舌を動かし続けていると、知香の舌使いも少しずつ積極的になってきた。

とはいえ、いつまでもキスだけしているわけにもいくまい。

そこで省吾は、タイミングを見計らって唇を離した。

「ぷはああっ……あっ、もう？」

唇が離れると、彼女が熱に浮かされたように目を潤ませつつ、やや不満げな声をあげる。どうやら、もっとキスをしていたかったらしい。

そんな幼馴染みの様子に興奮を覚えつつ、省吾は手に力を入れてその身体を床に仰向けに倒した。

知香は、「あっ」と声を漏らしたものの、こちらの行動を素直に受け入れてくれる。

そこで省吾は、彼女にまたがると両手をふくらみに這わせた。

バストに手が触れるなり、童顔の幼馴染みが「あんっ」と甘い声をこぼし、身体を小さく震わせる。

その様子を見ながら、省吾は指に軽く力を入れて乳房を優しく揉みだした。

「あっ……んっ、あんっ、それぇ……あっ、んんっ……」

愛撫に合わせて、知香も控えめな喘ぎ声をこぼしだす。

どうやら、最初の力加減に問題はなかったらしい。

(これが、知香ちゃんのオッパイの手触り……やっぱり、希美さんや久美子さんのとは違うな)

軽い愛撫をしながら、省吾はそんなことを思っていた。

年上の二人のバストと比べて、一歳下の幼馴染みの乳房はボリュームが控えめなぶん弾力が少し強い気がした。ただ、肌のきめが細かいからか、指が皮膚に吸いつくような感じがして、胸の手触りのよさを引き立てている。

柔らかさが勝る希美と久美子の大きなふくらみも絶品の揉み心地だったが、この乳房も充分に魅力的と言っていい。

その高揚感に抗えず、省吾はもっと彼女のバストの感触を堪能しようと、半ば無意識に指に力を込めていた。

「んあっ！　あっ、あんっ！　はうっ、省吾くんの手ぇ！　あんっ、わたしのオッパイッ、はうっ、揉んでぇ！　ああっ、はううんっ……！」

愛撫が強まると、浴室に響く知香の喘ぎ声も大きくなる。

最初に優しくしたおかげか、しっかり感じているのは間違いないようだ。

(希美さんに、オッパイの揉み方を教わっていてよかった。そうじゃなかったら、き

っといきなり力任せに揉んでいただろうし）

そんな思いが、省吾の脳裏をよぎった。

実際、こうして相手の反応を見ながら愛撫できているのは、自分に年上の二人との経験があるからである。もしも、これが初体験だったとしたら、とてもではないが彼女に気を使って胸を揉むことなどできなかっただろう。

そう考えると、希美と久美子と関係を持ったことが役に立っていると感じられる。

ただ、ずっと思いを寄せていた幼馴染みの乳房を揉み、その喘ぎ声を聞いているうちに、もっと強くしたいという欲望が、省吾の中で次第に強まってきた。

（だけど、知香ちゃんがいくら感じてきたといっても、まだ力任せの愛撫を受け入れられるかは分からないからな。そうだ！　だったら……）

自分の欲求を抑えられなくなった省吾は、いったん愛撫の手を止めた。そして、右手を乳房から離して身体を前に倒すと、彼女の左胸の乳輪を包むようにしゃぶりつく。

いきなり乳首を口に含まれて、知香が「ふやんっ！」と素っ頓狂な声をあげておとがいを反らす。

だが、省吾は構わずに乳首全体を吸うようにしながら、中心の突起を舌先で弄りだした。

「ちゅぶ……レロ、レロ、チロロ……」

「ひゃううん！　それっ、あんっ、乳首ぃ！　きゃうっ、ビリビリするぅ！　はううっ、あひっ、やはぁん！　きゃふっ、ああんっ……！」

敏感な場所を刺激された幼馴染みが、悲鳴に近い喘ぎ声を浴室全体に響かせる。

さらに省吾は、右の乳房に添えたままにしていた手に力を込め、愛撫を再開した。

「きゃううんっ！　それっ、ひあんっ、乳首とっ、あひいっ、オッパイぃ！　はううっ、違うのっ、はううんっ、同時にっ、ひううっ、来るよぉ！　はううっ、ひゃあんっ、あああっ……！」

たちまち、彼女はおとがいを反らして、今までよりも一オクターブ高い声で喘ぎだした。胸から二種類の快感がもたらされて相当に感じているのが、その様子からもはっきりと伝わってくる。

(これだけ感じてくれているなら、そろそろこっちもいいかな？)

と判断した省吾は、愛撫を続けながら身体の位置をズラし、空いている右手を幼馴染みの股間に這わせた。

すると、「はああんっ！」というより甲高い声と共に、予想以上の量の蜜が指にクチュリと絡みついてくる。

「ぷはっ。知香ちゃん、すごく濡れているね？」

省吾は、思わず愛撫を止めてそう指摘していた。

「はああ……だってぇ、いつも省吾くんのことを考えて、一人でしていたからぁ。今、本当に省吾くんとエッチしていると思っただけで、身体が熱くなって勝手にぃ……やんっ、恥ずかしいよっ」

と、知香が言葉の途中で自分の顔を手で隠してしまう。

しかし、これだけでも彼女の思いが充分すぎるくらいに伝わってきて、省吾は胸が熱くなるのを抑えられなかった。

（知香ちゃん、そんなに僕のことを……）

そう悟ると、この初体験をいい思い出にしてあげたい、という使命感にも似たものが湧き上がってくる。

省吾は、いったん身体を起こして知香の脚を広げ、秘部の状態を見た。

そこは予想以上に濡れていたが、男を知らないことを差し引くと、挿入にはまだ少し早い気がする。

（大丈夫だとは思うけど、ここは慎重にやって、一度イカせてあげたほうがいいかもしれないな）

そう考えた省吾は、幼馴染みの秘裂に顔を近づけた。

「ああ、省吾くん。そこ、恥ずかしいからあんまり見ないでよぉ」

知香が、そんな抗議の声をあげる。

「見るだけじゃないよ。もっと恥ずかしいことを、してあげるから。レロ……」

と応じながら、省吾は割れ目に指を添えてそこに舌を這わせた。

「ひゃあぁんっ！　そんっ……舌でぇ！　ああっ、汚いよぉ！」

愛らしい幼馴染みが、甲高い声を浴室に響かせる。

まさか、クンニリングスをされるとは予想していなかったのだろう。

だが、省吾のほうは既に久美子にしているおかげで、女性器を舐める行為に対する抵抗がほぼなくなっていた。ましてや、好きな相手の秘部となれば、興奮こそしても汚いとは思わない。

省吾は、彼女の言葉に構わず舌を本格的に動かし始めた。

「レロ、レロ……ピチャ、ピチャ、チロロ……」

「はああっ、舌ぁ！　あんっ、そこっ、ひゃううっ！　電気がっ、ああっ、ビリビリってぇ！　ああんっ、はああっ……！」

舌による愛撫に合わせて、知香が悲鳴のような喘ぎ声を張りあげた。同時に、新たな蜜が奥から溢れ出してくる。

ひとしきり筋に沿って舐めると、省吾は秘裂に添えた指に力を入れてそこを割り開いた。そうして、シェルピンクの肉襞《にくひだ》を露出させると、トロリと流れ出してきた愛液を舐め取るように舌を動かす。

「ピチャ、ピチャ……じゅる、レロロ……」

「はううん！　それっ、あううっ、やんっ、あふうっ、変にっ、ああっ、なっちゃううぅ！　ひううっ、きゃうんっ……！」

こちらの舌使いに合わせて、幼馴染みがこれまで以上に甲高い喘ぎ声を浴室に響かせた。

また、溢れ出る蜜も量と粘度をさらに増して、彼女が充分な快感を得ていることが伝わってくる。

「ああっ、省吾くん！　はううっ、わたしぃ！　ああっ、もうっ、ひゃううっ、イッちゃうよぉ！」

とうとう、知香が切羽詰まった声でそう訴える。

「ぷはっ。いいよ。一度、イッて欲しいんだ。レロ、レロ、レロ……」

いったん舌を離してそう言った省吾は、存在感を増してきた肉豆を集中的に舐め回しだした。

「きゃひぃぃぃん！　そこぉぉ！　ああああっ、もうっ！　はううっ、イクッ！　イッちゃううううううぅぅぅぅぅぅぅぅ!!」

とうとう、知香がおとがいを反らして、絶頂の声を浴室中に響き渡らせた。

同時に、潮が噴き出して省吾の口元を濡らし、床に水たまりを作る。

省吾が口を離しても、彼女はしばらく身体をヒクヒクと震わせていた。が、すぐに四肢を床に投げ出すように虚脱する。

「ふああ……イッちゃったぁ……省吾くんに、あそこを舐められてぇ……夢みたいだよぉ」

放心した様子で天井を見つめたまま、知香がそんなことを口にする。

その姿を見ているだけで、一秒でも早く挿入したいという欲求が込み上げてくる。

（いや、だけどこっちがヤバイんだよなぁ）

自分の陰茎を見て、省吾はそう思い直していた。

思い人の胸と股間を愛撫していたため、こちらは希美と久美子としていたとき以上に昂っていた。おかげで、肉棒は限界までそそり立ち、特段の刺激も受けていなかったのに透明な液が先端からにじみ出ている。このまま本番に突入したら、挿入の動きだけであっさり暴発してしまいそうだ。

となれば、挿れる前に一発抜くのが最善策だが、自分の手でする気にはならない。

(初めての知香ちゃんに頼むのは、ちょっと気が引けるんだけど……)

そう思いながらも、省吾はダメ元で口を開くことにした。

「あのさ……知香ちゃんも、僕のチ×ポにしてくれる？」

と声をかけると、放心していた幼馴染みがようやく我に返ったらしく、こちらに目を向けてくる。

「えっ、口で？　あっ、それってフェラ……」

一瞬、困惑の表情を浮かべた知香だったが、すぐに言葉の意味を察し、頬を赤くして息を呑んだ。

どうやら、フェラチオのことも知識としては知っていたらしい。

「ダメかな？　いや、したくないんだったら、無理にさせる気はないけど？」

反応を見て、省吾がそうフォローを入れると、彼女は身体を起こして小さく首を横に振った。

「えっと……し、したくないわけじゃないけど……ねぇ？　希美さんや久美子さんも、省吾くんのチン×ンに、その、フェラチオ……したの？」

そう問われて、省吾は「うん」と頷く。すると、一歳下の幼馴染みは少し考え込む素振りを見せ、すぐに意を決したように顔を上げた。

「じゃあ、やる。けど、初めてでよく分からないから、やり方を教えてね？」

と言って、彼女が四つん這いになってこちらに近づいてくる。

(初めてのフェラだと、やりやすい高さのほうがいいかな？)

そう考えて、省吾は立ち上がった。

すると、勃起がちょうど知香の顔の前に来る。

「うわぁ、すごい……勃起したチン×ンって、こんなに大きくなるんだ」

少し恥ずかしそうにしながらも、彼女はペニスをマジマジと見つめてそんなことを口にした。

てっきり、視線をそらすかと思っていたので、これは少々予想外の反応である。

「あっ……ほら、仕事柄、男湯に入ることもあるじゃない？　それで、特に働きだした頃は、わたしが悲鳴をあげたり怒ったりするのを面白がって、わざとチン×ンを見せつける人がいたんだ。だから、一応は見慣れているっていうか……」

疑問がつい顔に出てしまったらしく、知香が言い訳がましく説明してくれた。

なるほど、確かに今は省吾が掃除や整頓を担当しているが、それでも彼女が男湯のほうを見ることはまだある。

入院中の茂が健在だった頃は、もっと男湯へ行く頻度《ひんど》が高かったらしい。おそらく、彼も将来的に姪が銭湯を継ぐことを想定し、男の裸に慣れさせていたのだろう。

「じゃあ、こうしていても平気？」

「へ、平気なわけないじゃん。『相手にするから逆にからかわれる』って伯父さんに言われて、仕事中はチン×ンを見せられても無視したり、冷たく対応するようになったけど、心の中じゃずっとドキドキしていたんだから。それに、こんなに近くで、しかも大きくなったチン×ンを見るのは初めてだし、何より省吾くんのだから……」

こちらの問いに、知香が少しムキになって応じる。

やはり、客のを見るのと思い人のを見るのとでは、同じ「ペニス」であっても胸の高鳴り方が異なるらしい。

ましてや、単に眺めるだけでなく、これからもっと過激なことをするのだ。仕事中に見せつけられるのとは、気持ちが違って当然と言える。

「じゃあ、まずは竿を握ってくれる？」

「あっ……う、うん……」

省吾の指示に、彼女は戸惑い気味に頷いた。それでも、怖《お》ず怖《お》ずと手を伸ばしてきて、一物を優しく握る。

「うわぁ、すごい。とっても硬いし、なんか意外にゴツゴツしていて、それに温かくて……」

と、知香が初めて触れた男性器の感想を口にする。そんな反応が、経験者の二人とは違ってなんとも新鮮に思えてならない。

「握る強さは、とりあえずそれくらいでいいから、まずは手を動かして竿をしごいてもらえるかな？」

心地よさを我慢しながら、省吾は新たなアドバイスを口にした。

「うん。こう……かな？」

と、愛らしい幼馴染みが自信なさげに、ゆっくりとしごきだす。

すると、肉棒からもどかしさを感じる弱い性電気が発生した。

「くっ、そんな感じ。もう少し、強くしてもいいよ」

省吾がそう口にすると、彼女は「うん」と応じ、まだためらいがちながらも手の動きを少しだけ大きくした。

それに合わせて、快電流の強さも増し、脳に痺れるような快感がもたらされる。

「ああ、それ。くっ、気持ちいいよ」

「本当に？　省吾くんが気持ちよく……嬉しい」

　こちらの感想に、知香がとろけそうな笑みを浮かべてそう言って、竿をさらにしごき続ける。

「ううっ、これもいいけど、そろそろチ×ポに口をつけてみようか？　あっ、まずは先っぽを舐めるところからな？」

「な、舐め……あっ、そうだよね。フェラチオって、そういうことをするもんね」

　省吾の指示に、幼馴染みがそう応じた。

　やはり、なんらかの形でフェラチオの知識は得ていたものの、実際の経験がないため何をしていいか分からなくなっているらしい。

（僕も、初めてのときは同じだったな……希美さんには言われていたけど、初体験同士だったら、お互いパニックになっていたかもしれない）

　そう考えると、先に一歳年下の彼女をリードできる程度に経験を積めたことが、ありがたく思えてならない。

　省吾がそんなことを思っている間に、知香は陰茎に顔を近づけていた。そして、舌を出して先端に接近させる。

　間もなく、彼女の可憐な舌が亀頭に触れた。

「ンロ……」

「くうっ！　それっ！」

透明な液をにじませた縦割れの唇を刺激された瞬間、鮮烈な性電気が脊髄を貫き、省吾は声をあげながらおとがいを反らしていた。

「こんな感じで、気持ちよかったの？」

愛らしい幼馴染みが、自信なさげに訊いてくる。

「うん。だけど、そこは感じすぎちゃうから、しばらく避けて周辺を舐めて欲しいかな？」

「周辺を？　分かった。レロ、レロ……」

こちらの指示に従って、知香が遠慮がちな舌使いで尿道口以外の亀頭全体を舐めだした。

（くうっ。行為がぎこちないけど、それが希美さんや久美子さんのフェラと違って、なんかすごくいい！）

省吾は、予想外の快感に心の中で驚きの声をあげていた。

もちろん、年上で経験豊富な二人としたときと異なり、一歳下の処女を自分がリードしていることも、心地よさにブーストをかけている可能性はあるだろう。

ただ、物心がつく前から兄妹同然に育ってきて、ずっと思いを寄せていた相手がペニスを舐めてくれている、という現実が、何より省吾の興奮を煽り立てていた。この感覚は、他の女性では絶対に得られないものと言える。

（ああ、ヤバイ。もう、イキそうだ）

省吾は、発射の気配が腰に込み上げてくるのを察して、心の中で呻いていた。

もともと、カウパー氏腺液が出るくらい昂っていたこともあり、先端部への舌での刺激を堪えるのはさすがに難しい。本来ならば、彼女に咥えるところまで経験させたかったが、とてもそんな余裕はなさそうだ。

また、奉仕しているのが経験者であれば、射精の気配を察して自ら愛撫を弱める、あるいはこちらの訴えで刺激を控えめにするなど、巧みにコントロールしてくれたかもしれない。しかし、初フェラの知香は舐めることに気持ちが完全に傾いているようで、男の昂りに気付いた様子もなく、ひたすら舌を動かし続けていた。

「レロ、レロ、ピチャ、ピチャ……」

「知香ちゃん、僕……ああっ、ダメだ！　出る！」

幼馴染みに指示を出そうとしたが、その前に限界に達してしまった省吾は、そう口走るなり暴発気味に彼女の顔面に白濁液を浴びせていた。

「ひゃうん！　熱いの、出たぁぁ！」

驚きの声を浴室に響かせ、知香が一物から手を離してペタンと座り込む。

そんな彼女の頭から顔面にかけて、さらに白濁のシャワーが降り注いだ。

（ああ……知香ちゃんの顔に、僕の精液がかかって……）

実年齢より幼く見える女性の顔が、自分の精で汚れていく。その様《さま》を見ていた省吾は、射精の心地よさに浸りながら、牡の本能が増すのを抑えられずにいた。

6

「ああ、顔がベタベタするぅ。それに、すごく変な匂い……」

射精が終わると、知香が放心した様子でそんなことを口にした。

「えっと、顔にかけちゃってゴメン。いきなりで、ビックリしたよね？　その、気持ちよかったから我慢できなくて……」

「そうなんだぁ？　省吾くんが気持ちよくなってくれたんだったら、わたしはそれだけで嬉しいよぉ」

言い訳に対し、ここまで健気《けなげ》な言葉を返されると自然に胸が熱くなって、ますます幼馴染みへの愛おしさが込み上げてくる。

そのあと、省吾はシャワーで彼女の顔を洗ってあげた。そうして、一通り精の残滓を洗い流してタオルで頭から顔を拭き、またその身体を床に仰向けにする。

知香のほうは、顔射の余韻であれこれ考える余力がないのか、人形のようにこちらにされるがままだった。

省吾は彼女の脚を広げ、その間に入り込んだ。

幼馴染みの秘部は充分に潤っており、新たな蜜を割れ目から溢れさせている。絶頂から少し時間が経ったとはいえ、初フェラチオで自然に興奮していたのだろう。

省吾が、ペニスの先端を秘裂にあてがうと、さすがに知香が「あんっ」と声を漏らし、身体を強張らせた。

いつもの省吾ならば、そんな相手の様子を見て、挿入をためらっていたかもしれない。だが、今は本能が目の前の女性と一つになるのを切に望んでいた。この思いに抗うことなど、どんな男であろうと不可能だろう。

「それじゃあ、いくよ？」

と声をかけてから、省吾は腰に力を入れて分身を割れ目に押し込んだ。

すると、先っぽがズブリと入り込み、知香が「んはあぁっ！」と甲高い声を浴室に響かせる。

構わずに進んでいくと、すぐに希美と久美子としたときにはなかった抵抗を先端に感じて、省吾はいったん動きを止めた。

(もしかして、これが処女膜?)

そう思うと、さすがに緊張感を抱かずにはいられない。

何しろ、自分が初めての相手だということを、ようは女性の身体に刻みつけるのだ。経験者の二人としたときとは、責任の重みがまるで違う。

以前の省吾であれば、そう意識した時点で怖じ気づいて、行為を中断していたのではないだろうか?

だが、美人ライターと爆乳未亡人との経験のおかげか、今は度胸がついたというか、緊張はあっても本能に抗う気にはまったくならなかった。

(僕たちは両思いなんだし、知香ちゃんの初めてをもらえることを、素直に喜ぶべきだろうな)

そんな思いで意を決した省吾は、腰に力を込めた。

すると、ブチッと抵抗を破る感触があり、同時に知香が、

「ひああっ!　いっ、痛いぃぃぃぃ!!」

と、悲鳴を浴室に響かせた。

「知香ちゃん、少し我慢して」

一瞬、先に進むのを躊躇しそうになったが、省吾はそう声をかけて一気に奥までペニスを押し込んだ。

「んやああああぁぁぁぁ!!」

幼馴染みが、さらに悲痛な叫び声をあげる。

しかし、最深部に到達してこちらの動きが止まると、すぐに彼女の身体から力が抜けていった。

「んはああ……痛いよぉ。省吾くんの、硬くて太くて熱いの、中に入っててぇ……すごく苦しいのぉ」

涙を流しながら、知香がそんなことを口にする。

初めて男性器を受け入れて、さすがにかなりの違和感を抱いているらしい。

結合部に目をやると、床に赤いものが散っているのが見えた。それを確認しただけで、彼女の処女をもらった実感が湧き上がり、胸が熱くなってくる。

(初めての相手とするときは、素早く挿入して動きを止めたほうがいいって、希美さんに教わったからそうしたけど……これは、しばらく動けそうにないな)

省吾としては、ゆっくり挿れたほうが破瓜《はか》の痛みが少ないのではないか、と考えていた。しかし、美人ライターの話によると、挿入の速度が遅いと痛みも長引き、かえって辛い時間が続いてしまう、とのことだった。

実際にしてみると、希美のアドバイスが正鵠《せいこく》を射ていたとよく分かる。

また、経験者の二人のときは挿入してすぐに抽送を開始していたが、破瓜で辛そうにしている幼馴染みには、さすがに同じようにはできそうにない。

（とはいえ、ずっとこうしているだけなのも……あっ、そうだ！）

一つの方法を思いついた省吾は心の中で手を叩き、知香に顔を近づけた。彼女のほうは、涙を流したまま目を閉じて、まだいささか辛そうにしている。

そんな幼馴染みに、省吾はやや強引に唇を重ねた。

途端に、彼女の口から「んんっ!?」とくぐもった驚きの声がこぼれる。こちらは目を閉じているので見えないが、おそらく知香は目を丸くしていることだろう。

「んちゅ……ちゅっ、ちゅば……」

構わずに、音を立てながらついばむようなキスをしだすと、幼馴染みのほうもやや戸惑う様子を見せながらも行為を素直に受け入れた。

ひとしきりそうしてから、いったん唇を離して目を開ける。

　すると、知香が潤んだ瞳でこちらを見つめていた。

「省吾くん……わたし、本当に省吾くんと一つになっているんだよね？」

「うん、そうだよ」

「嬉しい。夢みたいだよ。痛くて苦しいけど、繋がっているところから幸せが広がっていく気がするの」

　と言った彼女の目から、また涙がこぼれる。だが、これは痛みによるものだけではあるまい。

「僕も、知香ちゃんと繋がれてすごく嬉しい。それに知香ちゃんの中、すごく狭くて、チ×ポにネットリ絡みついてくる感じで、とっても気持ちいいよ」

　実際、幼馴染みの膣内の感触は、希美とも久美子とも異なっていた。特に、異物を押し返そうとするように締めつけてくる感覚が強いのは、初めて男性器を迎え入れたからなのだろう。ただ、それだけでなく膣肉が蠢いて陰茎に絡みついてくる感覚もしっかりある。それは、ちょうど美人ライターと爆乳未亡人のいいとこ取りをした感じで、ジッとしていても一物に気持ちよさが伝わってきた。

「も、もうっ。そういうこと、平然と言わないでよっ。超恥ずかしいんだからっ」

　省吾の感想に、幼馴染みが顔を真っ赤にして目をそらす。

そんな初々《ういうい》しい態度が、なんとも愛らしく思えてならない。

(早く動きたいけど、もう少し愛撫をするかな?)

そう考えた省吾は、いったん上体を起こした。そして、彼女のバストを鷲摑みにすると、やや乱暴に揉みしだきだす。

「あっ、やんっ! んあっ、あそこっ、んんっ、まだ痛いのにぃ! ふあっ、オッパイッ、あうっ、気持ちっ、あふっ、よくてぇ! あんっ、ふやっ……!」

手の動きに合わせて、知香がたちまち喘ぎ声をこぼしだす。

どうやら、破瓜の痛みと愛撫による快感が同時に押し寄せて、脳内での処理が追いつかなくなっているらしい。

それでも、省吾は抽送を始めたい気持ちを抑え込んで、さらに乳房を揉み続けた。

しばらくそうしていると、やがて愛らしい幼馴染みに変化が現れてきた。

「んあっ、身体っ、はあっ、熱くなってぇ! あっ、ふあっ、なんだかぁ、ああっ、変な気分にぃ! あんっ、ふああっ……!」

彼女の喘ぎ声に艶《つや》が増して、苦痛の色が次第に薄れていく。また、膣道もより潤って蠢きだしたのが、肉棒を通して伝わってきた。

加えて、知香の腰が小さくもどかしげに動きだし、それが分身に新たな心地よさをもたらしてくれる。

（そろそろ、よさそうかな？　僕も、さすがにジッとしているのが限界だし）

そう考えた省吾は、いったん愛撫の手を止めた。

すると、彼女が目を開けてこちらを見る。

「知香ちゃん、動いても大丈夫そうかな？」

「うん、もう平気だと思う。痛くても我慢するから、省吾くんのしたいようにしていいよ」

省吾の問いに、童顔の幼馴染みがそう応じる。

健気な返答に胸が熱くなり、思わず望みどおりにしたい欲求が湧き上がってきたが、省吾はどうにかそれを堪えた。

「いや、僕は知香ちゃんにも気持ちよくなって欲しいんだ。なるべく優しくするけど、痛かったら我慢しないでちゃんと言ってよ。じゃないと、やりにくいからさ」

「……うん、分かった。ありがとう」

幼馴染みが納得してくれたようなので、省吾は彼女の腰を摑んで持ち上げた。そして、希美から教わったことを思い出し、押しつけるような動きを意識して小さな抽送を開始する。

「んっ、あっ、あんっ、んんっ、ふあっ……」

動きに合わせて、知香の口から吐息のような喘ぎ声がこぼれ出る。

「知香ちゃん、痛くない？」

「んあっ、うんっ、あうっ、これくらいならっ、んはっ、大丈夫っ……んあっ、あっ、あんっ……」

こちらの問いかけに、彼女が喘ぎながら応じる。

その声を聞く限り、特に無理をしている様子はないので、本当に痛みを感じていないのだろう。あるいは、快感が痛みを上書きしているのか？

それでも省吾は、動きをさらに大きくするのをためらっていた。

(これ以上激しくして、痛い思いをさせたくないからなぁ。初めての相手だと、思っていたよりも気を使うよ)

もちろん、希美と久美子との経験のおかげで、女性の反応を見ながら動くことはできるようになっている。だが、処女に対してどれくらいの強さですればいいのか、という加減がどうにも分からない。

そうした迷いもあって、なおも小さな抽送を続けていると、

「んあっ、省吾くんっ、ふあっ、もっとぉ……あんっ、もっと、んはっ、大きくっ、

あんっ、してっ、あふうっ、いいよぉ。はうっ、あそこがっ、あんっ、切なくなってぇ……ああっ、もどかしいのぉ。んあっ、はあっ……」

知香が喘ぎながら、そんなことを口にした。

どうやら、もう本当に痛みは感じていないか、気にならなくなったらしい。

こちらとしても、控えめな動きを続けることにフラストレーションを抱きだしていたので、これは渡りに船と言える。

「分かったよ。それじゃあ……」

と、省吾はいったん動きを止めた。そして、腰から手を離して彼女の両脚を持ち上げ、足首を摑んでV字に広げる。

「ああ……この格好、すごく恥ずかしいよぉ」

「大丈夫。動くよ？」

予想外のポーズに困惑の声をあげた幼馴染みに対し、省吾はそう声をかけてから様子見の軽い抽送を再開した。

「んっ、あんっ、これっ、んんっ……はうっ、いいのっ、あんっ、はうっ……」

こちらの動きに合わせて、すぐに知香が喘ぎだす。

その様子を見る限り、この体勢でも特に苦しいということはなさそうだ。

そこで省吾は、ピストン運動をやや大きくした。

「はうっ！　あっ、あんっ！　はあっ、奥っ、あうっ、ノックされてぇ！　ひゃうっ、気持ちっ、ああんっ、いいよぉ！　あんっ、はううっ……！」

たちまち、愛らしい幼馴染みの声のトーンが跳ね上がる。

「知香ちゃん、痛くない？」

「はうっ、うんっ、ああっ、ほとんどぉ！　あうっ、気持ちいいのっ、ああっ、強くてぇ！　はうっ、幸せなのっ！　ああっ、もっとっ、あんっ、もっと省吾くんをっ、はうんっ、感じたいっ！　あうっ、はあんっ……！」

どうやら、もう彼女は破瓜の痛みを克服して、充分な快感を得ているようである。

そう判断した省吾は、自らの欲望のままに腰を激しく動かしだした。

「ああっ、ひうっ、激しっ……ひゃううっ！　感じ……きゃふうっ、おかしくっ、あはううっ、なりゅぅぅ！　あうっ、ひゃんっ、ああっ……！」

抽送に合わせて、知香も甲高い喘ぎ声を浴室に響かせる。

その彼女の姿が、なんとも淫らで、しかし愛おしく思えてならない。

（さっきの知香ちゃんの感想じゃないけど、本当に夢みたいだよ。知香ちゃんと一つになって、こんなにエッチな姿を見ることができて……）

そんなことを改めて思うと、興奮と共に射精感が込み上げてきた。

「知香ちゃん？　僕、そろそろ……」

「ああっ、わたしもぉ！　はううっ、幸せすぎてっ、ああっ、またっ、はううっ、イッちゃうよぉ！」

こちらの訴えに、童顔の幼馴染みも切羽詰まった声で応じる。

先ほどまで処女だったものの、一度絶頂に達していたからか、どうやら肉体の感度が充分に上がっていたらしい。

とはいえ、脚をV字に持ち上げたままでは、さすがに射精に至るための動きがいささか難しい。

そこで、省吾は足首から手を離し、身体を倒して幼馴染みに抱きつくような体勢になった。それから、ピストン運動を小刻みなものにする。

「ああーっ！　あんっ、これぇ！　はうっ、はあっ、ああっ……！」

知香の切羽詰まった喘ぎ声が、すぐ近くで聞こえてくる。そのことが、よりいっそうの興奮を煽り立てる。

また、狭い膣道が収縮し、ペニスに甘美な快感が送り込まれてきたことによって、脳内で発射へのカウントダウンが始まる。

「くうっ。本当にもう……抜くよ？」

「あんっ、ダメぇ！　はあっ、中にぃ！　あうっ、このままっ、はあんっ、出してぇ！　ああっ、ひうっ……！」

省吾の問いかけにそう応じて、知香が脚を腰に絡みつけてきた。また、首にも抱きついて、こちらをしっかりとホールドする。

(おいおい。初めてなのに、中出しは……)

と、ためらいを抱きかけたとき、膣肉の蠢きが急に増して肉棒に予想外の刺激がもたらされた。

そこで限界に達した省吾は、「はうっ！」と呻き声をあげるなり、暴発気味に彼女の中にスペルマを注ぎ込む。

「ああっ、熱いのがぁ！　んはあああああぁぁぁぁぁぁ!!」

射精を感じた瞬間、知香もおとがいを反らして絶頂の声を浴室中に響き渡らせた。

第四章　蜜塗れ銭湯で濃厚乱れうち

1

「えっと……知香ちゃん？　僕、男湯の掃除をしてくるから」

「う、うん。その、頑張って」

十九時過ぎ、こちらのそっぽを向きながらの言葉に、知香のほうも目をそらしたまま応じる。

そこで、省吾は逃げるように掃除道具を持って男湯の脱衣所に入った。そして、ロッカーや洗面台の整頓作業と簡単な掃除を始める。

（はぁ。やっぱり恥ずかしくて、今日は知香ちゃんとまともに話せないな）

手を動かしながら、省吾はそんなことを思っていた。

何しろ夕べ、とうとう彼女と思いを通わせて肉体関係を持ち、中出しまで決めてしまったのである。昨日の今日で、何もなかったように振る舞うほうが、さすがに難しいだろう。

とにかく、幼馴染みの愛らしい顔を見ると昨夜の艶姿《あですがた》が頭に浮かんで、なんとも気恥ずかしくなってしまう。それだけでなく、股間のモノが自然に硬くなり、所構わずセックスへの衝動が湧いてくるのだ。おかげで、今日は彼女の顔をまともに見られずにいた。

もっとも、それは知香も同様らしく、こちらをあまり見ようとせず、見てもすぐに目をそらす状況である。

それに、まだ初めて男性器を迎え入れた違和感が残っているそうで、今日はずっとやや歩きにくそうにしていた。そのぶん、仕事も遅くなっている。

それでも、どうにかここまで大きな支障が出ていないのは、今日の来客数が少ないことと無関係ではあるまい。営業的には問題だが、今はむしろ幸いと言えるだろう。

その後も、二人はなんともよそよそしいまま仕事を続け、二十一時の最終入店時刻を迎えた。

（やれやれ。今日は、希美さんも久美子さんも来なかったか。あの二人だと、僕と知香ちゃんの態度で何があったか察するだろうし、知られたら特に希美さんにはからかわれちゃいそうだったからな。なんとか、助かったかも？）

そんな思いが、ついつい頭をよぎって安堵のため息が口を衝《つ》く。

そうして、最後までいた男性客が帰れば、本来なら省吾が男湯、知香が女湯の清掃をして、ひとつ風呂浴びてから一息ついて帰路に就くことになる。

しかし、関係を持ったばかりの幼馴染みとイチャつきたい衝動を、ここまでずっと我慢していたため、二人きりになった途端、省吾の中に欲望の炎がメラメラと燃えあがってきた。

それでも、一昨日までならどうにか我慢していただろう。だが、既に彼女とは思いを通わせて一つになっているため、今は気持ちを抑えることが難しい。

知香のほうも、頬を赤らめて何か言いたげにしていた。その態度から見て、何を期待しているかは容易に想像がつく。

「知香ちゃん？　あの、風呂に……入ろうか？」

「えっ？　あっ、う、うん……えっと、じゃあ今日は、その、女湯でいいよね？」

省吾の提案に、知香がやや恥ずかしがる素振りを見せつつ応じる。

こちらは、「風呂に入ろうか？」と言っただけなのだが、彼女は「一緒に入る」ことを前提に回答してきた。これだけでも、予想が間違いでなかったと分かる。

もっとも、実のところ省吾もそのつもりだったので、幼馴染みの答えに「うん」と素直に頷いた。

そして、二人は女湯の脱衣所に行き、服を脱いで浴室に入った。それから、身体をシャワーで軽く流して、肩を並べて湯船に浸かる。

(はぁ。広い湯船に浸かると、いつもならリラックスできるんだけど、隣に裸の知香ちゃんがいると思うだけで、胸がドキドキして落ち着かないな)

もちろん、幼少時はよく一緒に入浴していた相手ではある。だが、この年齢になってからの混浴は、深い仲になってまだ一日ということもあり、さすがに緊張せずにはいられない。

そんなことを思いつつ、省吾は肩が触れ合うくらい近くで湯に浸かっている幼馴染みにチラリと目を向けた。

すると、身長差もあって小柄な彼女を斜め上から眺める形になる。

仕事中はポニーテールにしている髪を下ろした顔に、極端に大きくないが充分なサイズのお椀《わん》型のふくらみ、白い肌、引き締まった体つき。それらが、透明な湯に浸かっていることでいっそう魅力的に見える気がしてならない。

そう意識した途端、ますます情欲が抑えられなくなって一物の体積が増してしまう。

知香のほうは、のぼせたように顔を紅潮させて俯いていた。いくら自分が提案したこととはいえ、処女を捧げた相手との混浴は相当に恥ずかしいのだろう。

ただ、おかげでこちらの視線に気付いていないようである。

そこで省吾は、彼女の背中から腕を回し、その身体を抱き寄せた。

「きゃあっ！　しょ、省吾くん？」

突然のことに、知香が素っ頓狂な声を浴室に響かせる。

「知香ちゃん？　僕、我慢できない。またエッチしたいよ」

二人きりなのだから、別に小声にする必要もないのだが、省吾はついつい彼女の耳元に口を近づけ、囁《ささや》くように言った。

それだけで、愛らしい幼馴染みが目を大きく見開いて、身体を小さく震わせる。

「あっ……その、うん。わたしも……省吾くんと、またしたいって思っていたから」

消え入りそうな声で、知香がそう応じる。

「そうなんだ。あっ。でも、大丈夫？　昨日、初めてしたばかりだけど、まだ痛いんじゃないの？」

夕べは、途中から痛がらなくなったが、あれは興奮して気にならなくなっただけで、実際は痛みが残っている可能性はある。

「多分、平気だと思う。違和感は少しあるけど、痛みは特にないし。痛かったら、ちゃんと言うから。だから、また省吾くんを感じさせて……欲しいな」

脳裏をよぎった心配を口にした省吾に対して、彼女が恥ずかしそうにしながらもそんなことを口にする。

その言葉で理性がたちまち吹っ飛んでしまい、省吾は幼馴染みの顎に手をかけてこちらを向かせた。そして、「あっ」と声をあげた彼女に顔を近づけると、やや強引に可憐な唇を奪うのだった。

2

「んむ、んじゅる……んむむ……」

舌同士が絡む粘着質な音と知香のくぐもった声が、静かな浴室にやけに大きく響く。

湯船に浸かったままディープキスをしていると、舌からもたらされる心地よさで頭がのぼせたように朦朧としてくる。

ますます昂ってきた省吾は、舌を動かしながら欲望のままに彼女の乳房に手を這わせた。そして、ふくらみを優しく揉みしだきだす。

「んんっ！　んむ、んじゅぷ……んんっ！　んむうっ、んじゅる……！」

たちまち、幼馴染みの舌のステップが大きく乱れた。軽い愛撫でも、充分な快感を得ているらしい。

そうして、省吾がさらに胸を揉み続けていると、不意に分身を手で握られる感触があった。さらに、知香の手が怖ず怖ずと動きだしてペニスに快感がもたらされる。

(くうっ。知香ちゃんが、僕のチ×ポを……こっちも気持ちよくなって、愛撫に集中できない)

思いがけない反撃を受けて、省吾は焦りを禁じ得なかった。

昨日まで処女だった相手が、こんなことをしてくるとは想定外だ。また、お互いに愛撫しだしたため、舌同士のダンスのステップが大きく乱れてしまう。

(さすがに、これ以上はキスしていられないな)

そう判断した省吾は、いったん唇を離した。

「ぷはっ、はぁ、はぁ、知香ちゃん。くうっ……」

「ふはあっ。はふ、あんっ、はぁ、省吾くぅん……」

息を切らして互いの名前を呼びつつ、こちらは幼馴染みの胸を揉み続け、彼女はペニスをしごき続ける。

　これだけ昂ると、本番前に一発抜いておかないと、とても我慢できそうにない。

「知香ちゃん、いったん手を離してお湯から出ようよ？　このままじゃ、のぼせちゃいそうだし」

「んあっ。そうだね。それじゃあ……」

　そうして、二人は同時に手を離し、湯船から上がった。

「じゃあ、寝そべるから、知香ちゃんが僕の顔にまたがってくれる？」

「えっ？　そ、それって……」

　こちらの提案に、幼馴染みが目を丸くした。

　どうやら、シックスナインという行為自体は知っていたらしい。ただ、まさか求められるとは思っていなかったのだろう。既にクンニリングスとフェラチオは経験しているとはいえ、かなり気が引けている様子である。

　そこで、省吾は言葉を続けることにした。

「ちなみに、僕は久美子さんとしたことがあるんだけど」

　それを聞いた途端、彼女の表情が変わった。

「本当に？　じゃ、じゃあ……やる」

案の定と言うべきか、童顔の幼馴染みは年上美女二人への対抗心を強く抱いていたらしい。おそらく、彼女たちのどちらかでもしたことを自分が拒むのは、負けた気がして悔しいのだろう。そういうところは、実に知香らしいと言える。

そんな分析をしつつ省吾が床に寝そべると、幼馴染みが恥ずかしそうにしながら顔の上にまたがってきた。すると当然、彼女の秘部を真正面から見ることになる。

夕べ、初めて男を迎え入れたそこは、こうして眺めてみると痛々しそうな赤みを残しているようにも思える。

（ここに、僕のチ×ポが入っていたなんて、まだ夢を見ていたような気がするな）

省吾がそんなことを考えているうちに、知香が上体を倒して腹にくっつくくらいいきり立った一物に顔を近づけていた。

「はぁ。これ、こうやって見るとやっぱりすごく大きい。こんなのが昨日、わたしの中に入っていたなんて、まだ信じられないよぉ」

そんな感想を口にしつつ、彼女は肉茎を優しく握った。そして、竿を起こして角度を合わせると、亀頭に舌を這わせだす。

「レロ、レロ……」

すると、そこから性電気が発生して、省吾は思わず「くうっ」と声を漏らしていた。

一日前まで処女だった幼馴染みが先手を取ってくるとは、さすがにいささか想定外の事態である。

(僕も、負けていられないぞ)

そう思った省吾は、彼女の腰を抱き寄せた。つい先ほどまでお湯に浸かっていたおかげか、顔を近づけても秘部からの匂いは昨日ほどしない。

そんなことを考えながら、省吾は秘裂に舌を這わせた。

「ピチャ、ピチャ、ジュル……」

「ひゃうんっ、それぇ！　ああっ、感じて……きゃんっ、チン×ンッ、あううっ、舐めていられなくなるぅ！　あひっ、ああっ……！」

たちまち、知香が先端から口を離し、甲高い喘ぎ声を浴室に響かせた。

「レロロ……知香ちゃん？　無理のないところまででいいから、チ×ポを咥えてくれる？」

省吾が、いったん舌を離してそう指示を出すと、

「えっ？　あっ、そうだね。フェラって、チン×ンを口に入れたりもするもんね？」

と応じて、彼女が「あーん」と口を大きく開けた。そして、肉棒をゆっくりと含みだす。

もちろん、省吾の位置からその様子を見ることはできないが、一物から伝わってくる感触で状況は手に取るように分かる。

しかし、竿の半分にも満たないところで、知香は「んんっ」と苦しそうな声を漏らして動きを止めてしまった。やはり、咥えること自体が初めてだと、希美や久美子ほど深く含むのは無理らしい。

「じゃあ、苦しくない程度でいいから、ゆっくり顔を動かして。唇でチ×ポをしごく感じで、歯を立てないように気をつけてね」

省吾がそう指示を出すと、愛らしい幼馴染みは「んっ」と小さな声を漏らし、恐る恐るという感じで顔を動かしだした。

「んむ……んじゅ……んんっ……」

（くうっ。これくらいでも、けっこう気持ちいい）

緩慢《かんまん》なストロークによって発生した心地よさに、省吾は心の中でそんな感想を抱いていた。

もちろん、単純な気持ちよさで言えば、経験者の二人にされたときとは比較にならないくらい弱い。しかし、知香の初ストロークという事実が、拙《つたな》さを補ってあまりある興奮をもたらしてくれる。

「知香ちゃん、あとは舐めたり咥えたり、自分で考えながらしてくれる？　僕も、オマ×コをまた舐めるからね？」

と卑猥な言葉を口にしてから、省吾は再び秘裂に舌を這わせだした。

「レロ、レロ、ピチャ、チロ……」

「んんーっ！　んむむ……んぐ、んじゅ……じゅぶる……」

たちまち、知香が声を漏らしてストロークが大きく乱れる。しかし、久美子との経験でも分かっていたことだが、その乱れによって予想外の心地よさがペニスからもたらされる。

ただ、それによってリズムを崩したこちらの舌の動きが、幼馴染みにも想定外の快感を与えているようで、秘部から溢れる蜜の量が一気に増してきた。

「じゅる、レロ、ピチャ、ピチャ……」

それでも省吾は音を立てて、溢れてくるものを舐め続けた。

「んじゅっ、ふはあっ。レロ、レロ……ああっ、これぇ！　あむっ。んぐぐ……」

知香が、いったん一物を口から出して舐めだしたものの、秘部からの快感を耐えられなかったらしく、すぐに陰茎を咥え直してストロークを再開する。

どうやら、今の彼女では肉棒への刺激を大きく変えるのはまだ難しいようだ。

しかし、そんな不規則な動きによってペニスからもたらされる心地よさが、予想よりも早い射精感を生みだす。

もっとも、単に刺激の不規則さだけが原因ではなく、昨日結ばれたばかりの知香と初めてシックスナインをしている、という事実に激しく興奮していることが、射精感に結びついている気もするのだが。

いずれにせよ、もう自分を抑えるのは難しそうだ。

(僕だけ先にイクのは、なんか情けない気がするし、オマ×コの状態から見て知香ちゃんもそろそろだろうし、どうせなら一緒に……)

そう考えた省吾は、割れ目を指で広げて存在感の増している肉豆に狙いを定めた。

そして、そこを集中的に舐め回しだす。

「んんーっ！　んぐぐ、んむっ！　んんっ……んじゅぶっ、むううっ……！」

たちまち、知香がくぐもった声をあげ、ストロークがいちだんと大きく乱れた。それでも、ペニスを口から出さなかったのは、なかなか見上げた根性と言うべきか。

しかし、そうしてより乱れた動きが、分身にとどめの刺激をもたらす。

(くうっ！　もう出る！)

と、心の中で呻きながら、省吾は舌先でクリトリスを強く押し込んだ。同時に、限界が訪れ、暴発気味に彼女の口内にスペルマを注ぎ込む。

「んんんんんんんっ‼」

知香が肉棒を咥えたままくぐもった声をあげ、身体を強張らせる。

それと共に、秘部から大量の愛液が噴き出して、省吾の口元を濡らした。

3

射精が終わると、幼馴染みが陰茎を口から出して、省吾の上からどいた。

「ゴメン。口に出すつもりはなかったんだけど、我慢できなくて。吐き出してもいいよ？」

省吾がそう声をかけると、彼女は口を閉じたまま首を横に振った。

「んっ……んぐ……んぐ……」

知香は、やや苦しそうな表情を浮かべながら、声を漏らしてスペルマを喉《のど》の奥へと流し込みだす。

（うわぁ。知香ちゃんが、僕の精液を飲んで……）

経験豊富な年上美女たちならば、精飲をしても不思議ではないが、昨日処女を卒業したばかりの幼馴染みがここまでしてくれるとは、さすがに思いもよらなかった。

そのため、こうして実際に見ていても信じられないものを目にした気分である。

「んっ、んっ……ふはあっ。これが、精液……変な匂いだし、変な味だし、口の中がベタベタしているよぉ」

精をようやく処理し終えた知香が、そんなことを口にする。

「だから、吐き出していいって言ったのに」

「だって、せっかく省吾くんが気持ちよくなって出してくれたんだもん。なんだか、勿体なく思ってさ」

省吾の言葉に、幼馴染みが上気した顔で目を潤ませながら応じる。

そんな思い人がなんとも愛おしくて、一つになりたいという欲望が抑えられなくなってしまう。

我慢できなくなった省吾が、「知香ちゃん！」と飛びかかろうとしたとき、彼女がこちらの動きを手で制した。

「待って、省吾くん。あのさ……今日は、わたしが上になっていいかな？」

「えっ？　あっ、もちろんいいけど……」

いささか意外な申し出に、省吾は困惑しつつ首を縦に振っていた。

(まさか、知香ちゃんが自分から……あっ。もしかして、まだ痛くなるのを心配しているのかな?)

この予想は、おそらく正解だろう。

何しろ、彼女は昨晩、初体験を迎えたばかりである。夕べは大丈夫だったが、また挿入した場合、処女膜のあったところが擦れて痛みがぶり返す可能性は否定できない。その痛みというのは、男には理解できないものだ。

しかし、知香自身が主導権を握れば、自分で痛くない動きを探ることができる。それに、省吾のほうもいちいち気を使わず快感に集中できるだろう。

気が利く幼馴染みなので、そこまで考えて騎乗位を提案してきたのに違いあるまい。

そう判断した省吾が、再び身体を床に横たえると、彼女はすぐにまたがってきた。

そして、自分の唾液が付着した肉棒を握り、秘部との位置を合わせる。

「んっ……ここだよね? じゃあ、挿れるから。んんんっ」

と、幼馴染みがゆっくりと腰を沈めだす。

「んんっ、あんっ……んくっ、まだ変な感じぃ。んあっ、省吾くんのチン×ン、くうっ、入ってくるのっ、んんっ、昨日よりはっきり感じてぇ……」

そう声を漏らしつつ、彼女はさらに腰を下ろし続けた。

そして、とうとう知香と省吾の股間同士がぶつかって動きが止まった。

「んはぁあ……全部、入ったぁ。はぁ、はぁ……」

と虚脱した幼馴染みが、省吾の腹に手をつく。

(知香ちゃんの中、まだ狭いままだ。でも、昨日はあった抵抗がなくて、進入自体はスムーズだったな)

そんな感想を思い浮かべつつ、省吾は口を開くことにした。

「知香ちゃん、痛くなかった？」

「う、うん。痛みはちっともなくて……だけど、あそこがチン×ンに内側から押し広げられているようで、お腹がちょっと苦しいよぉ」

こちらの問いに、彼女がそう応じる。

どうやら、破瓜の影響はもうないらしい。また、昨日は充分な感想を抱く余裕などなかったのだろうが、今は一物の存在をしっかり感じているようだ。

「そ、それじゃあ、省吾くん？　動くからね？」

呼吸がある程度整ったところで、知香がそう言って腹に手をついたまま腰を上下に動かしだした。

「んっ……あっ、んくぅっ！　あんっ、これっ……はうっ、奥っ、あんっ、当たるけどっ……んはっ、思っていたよりっ、あうっ、動きにくいっ……あっ、うあっ……」

ぎこちない上下動をしながら、愛らしい幼馴染みがそんなことを口にする。

実際、省吾がペニスから感じる快感も膣道自体のもので、抽送による心地よさは物足りなさが拭えない。

「知香ちゃん？　慣れるまで、腰を持ち上げないで押しつけるようにすることだけ意識すると、動きやすくなるよ」

「んあっ、えっ？　押しつけ……こう？　んっ、んっ……」

こちらのアドバイスを受けて、彼女が動き方を変える。すると、すぐに動きがリズミカルになり、肉棒にもたらされる性電気も増した。

「んあっ、あんっ、本当っ！　あうっ、これっ、んっ、動きやすいっ！　んはっ、あっ、いいっ！　はうっ、チン×ンッ、あんっ、奥っ、あうっ、当たってぇ！　はうっ、すごくっ、あはんっ、いいのぉ！　あんっ、はあっ……！」

知香の口からこぼれ出る喘ぎ声にも、みるみる艶が出てくる。

「ああ……知香ちゃんのオマ×コが、チ×ポに絡みついてきて、すごく気持ちいいよ」

「あんっ、恥ずかしい……はうっ、けどぉ、ああっ、わたしもっ、はふっ、いいよぉ！　ひゃうっ、これっ、ああんっ、よすぎてぇ！　あうっ、動くのっ、はあっ、止められなくっ、あうっ、なっちゃうよぉ！　はあっ、あんっ、ああっ……！」

省吾の言葉に嬉しそうに応じた幼馴染みは、のけ反って髪を振り乱しながら、腰を動かし続けた。

抽送に慣れてきたのか、彼女の腰使いは次第に大きくなっていく。それに合わせて、分身にもたらされる快感もよりいっそう増す。

(知香ちゃんが、僕の上でこんなに乱れて……)

その姿が、牡の本能を刺激してやまなかった。何より、浴室に響き渡っている喘ぎ声が興奮を煽り立てる。

我慢できなくなった省吾が手を伸ばすと、知香が手の平を合わせて指を絡ませてきて、いわゆる恋人繋ぎをした。

「ああっ、あんっ、これっ、あうっ、幸せぇ！　あんっ、好きっ、はあっ、省吾くんっ、ああっ、好きぃ！　あんっ、はあっ……！」

そんなことを口にしながら、彼女が腰の動きを速める。

床が硬いため、幼馴染みの激しい腰使いで省吾は腰に少し痛みを感じていた。しかし、それにも増して好きな相手と一つになり、恋人繋ぎで快感を貪れることが幸せに思える。おかげで、射精したいという気持ちが抑えられない。

「知香ちゃん、僕も好きだよ。くうっ……そろそろ、出そう」

「ああっ、嬉しい！　あんっ、また中につ、ああっ、中に出してぇ！　あっ、あっ、あんっ……！」

と、知香が動きを小刻みにして射精を促す。

同時に狭い膣肉が、蠢きを増してペニスにさらなる快感を与えてくれる。この状況から考えて、彼女も絶頂間近なのだろう。

「あんっ、あんっ、わたしもっ、はあっ、もうっ、ああっ、イクッ！　イクのっ！　イクうううううううぅぅぅぅぅぅぅぅ!!」

先に知香が、エクスタシーの声を浴室中に響かせた。

すると、膣内が激しく収縮して、分身に甘美な刺激がもたらされる。

そこで限界を迎えた省吾は、「くうっ！」と呻くなり、二度目とは思えない量のスペルマを幼馴染みの子宮に注ぎ込んだ。

4

毎週水曜日は、「野上の湯」の定休日である。

その日、Tシャツとズボン姿の省吾は、同じ格好の知香と共に普段の営業日にはなかなかできない箇所の点検や掃除などを、念入りに行なった。

もっとも、「野上の湯」で使っている野上温泉の泉質はアルカリ性単純温泉で湯の花が出ず、加温もガスを使っていて、薪《まき》や重油のボイラーのように煤《すす》が出ないので、掃除自体にさほど手間はかからない。ただ、通常はモップやデッキブラシで済ませている場所に高圧洗浄機を使うなど、休業日だからこそできることもあるのだ。

そんな清掃作業も、もう回数を重ねて手順を覚えたので、二人がかりでやれば昼過ぎから始めても夕方前には楽々終わってしまう。

掃除を終えると、省吾は知香と一緒にロッカーに掃除道具を片付けた。

すると、暖房が利いた中での作業で汗をかいた彼女の姿に、ムラムラと欲情するのを抑えられなくなってしまう。

実のところ、二度目のセックス以降、銭湯の営業終了後に愛らしい幼馴染みと一戦交えるのが、まるでルーティンのようになっていた。とにかく、我ながら発情期の動物かと思うくらい、彼女を求める気持ちを我慢できないのである。

また、知香のほうも、すっかりセックスの快感に目覚めたらしく、省吾がためらっていると自ら誘ってくるようになっていた。

ようやく思いを通わせ合ったこともあり、すれ違っていた十年近い時間を取り戻すかのように、こうして二人きりになると欲望をまるっきり抑えられない。

堪えられなくなった省吾は、ガバッと彼女を抱きしめた。

「きゃっ。しょ、省吾くん？」

「知香ちゃん？　僕、我慢できなくなっちゃった。今すぐ、したいよ」

「も、もう……わたしもしたいけど、離して。掃除をして汗をかいているから、匂うでしょ？」

「僕だって汗をかいているよ。それに、知香ちゃんの汗の匂い、僕は好きだよ」

そう畳みかけると、知香が恥ずかしそうに黙り込んだ。

男の側としては、もう何度もしていることだし、どうせ風呂に入ってしまうのだから汗の匂いなど気にすることもないと思うのだが、ここらへんが女心の機微というものなのだろうか？

そんなことを考えつつ顔を近づけると、彼女もやや顎をあげて目を閉じる。

省吾は、そのまま幼馴染みの可憐な唇に、自分の唇を重ねた。

「んっ、ちゅっ、ちゅぱ……」

まずは、音を立てて軽くついばむようなキスを交わす。

そうして、二人はすぐにどちらからともなく舌同士を絡めだした。

「んんっ……んじゅ、んる、じゅぶる……」

すっかりディープキスに慣れた知香が、積極的に舌を動かしてくる。おかげで、接点から生じる性電気も、最初の頃とは段違いに強くなっていた。もはや、希美や久美子に勝るとも劣らない心地よさだと言っていいだろう。

その快楽に浸りつつも、省吾はいったん唇を離した。

「ぷはっ。はぁ、はぁ……省吾くぅん」

と、知香が発情して濡れた目で見つめる。

そんな顔を見るだけで、ますます愛おしさと欲望が大きくなっていく。

「ねえ？　今日は、女湯で……しよう？」

愛らしい幼馴染みが、頬を上気させながら照れくさそうに提案してきた。

省吾としては、この場でしたい気持ちもあったが、定休日とはいえ何しろまだ夕方前である。人家からやや離れた立地でも、夜と違って人通りがまったくないわけではなく、浴室内よりも誰かに声を聞かれてしまうリスクは高い。

「分かったよ。それじゃあ、入ろうか？」

と応じて、省吾は知香と手を繋いで女湯の脱衣所に入った。

慣れとは怖いもので、省吾は少なくとも客がいない女湯であれば、もう抵抗なく入れるようになっていた。少し前まで、無人と分かっていても緊張していたのが懐かしく思えるほどである。

脱衣所に入ると、二人はロッカーの前で向かい合った。そして、再びどちらからともなく顔を近づけて唇を重ねる。

「んっ……んちゅ……」

「ちゅっ、ちゅぶ……」

そうして、音を立てて唇を貪り合いつつ、お互い相手のTシャツの裾に手をかけ、たくし上げていく。

知香のシャツをふくらみの上まで持ち上げたところで、省吾はいったん唇を離した。

恥ずかしそうな彼女の顔から下に視線を向けると、ピンク色の可愛らしいデザインのブラジャーに包まれたふくらみが露わになっている。

（あれ？　なんか、いつもと違う気が……あっ、そうか。ブラジャーが違うんだ）

知香は仕事のとき、シンプルなデザインの白い下着ばかり着用していた。場合によっては、スポーツブラのときもある。

このようなデザイン性のあるブラジャー姿の幼馴染みを見たのは、省吾も初めてだった。おそらく、最近のパターンから今日もこうなることをあらかじめ考えて、お洒落な下着を着用してきたのだろう。

そのことに興奮を覚えつつ、省吾が先に裾をさらに持ち上げると、知香が腕を上げてくれた。そこでTシャツを腕から抜き取り、彼女の上半身を下着姿にする。

それから、省吾は幼馴染みにたくし上げられたTシャツを自ら脱いだ。残念ながらと言うべきか、二人の間に十五センチ以上の身長差があると、立ったまま彼女がこちらのシャツを脱がすのは非常に難しい。そのため、こういうときは自分で脱ぐのだ。

Tシャツを床に脱ぎ捨てると、省吾はすぐに知香の背中に手を回した。そして、ホックを外してブラジャーを腕から抜き取り、彼女の上半身を裸にする。

ブラジャーも床に置き、省吾は改めて小柄な幼馴染みと見つめ合った。

（やっぱり、知香ちゃんの裸は綺麗だ。もちろん、オッパイの大きさでは希美さんや久美子さんに及ばないけど、すごくバランスがいいように見えるんだよな）

いつもの感想を心の中で言いながら、またどちらからともなく唇を重ねる。

（ああ……知香ちゃんとは、何度キスをしても飽きないよ。もっと、もっといっぱい、ずっとこうしていたいくらいだ）

そんなことを思っていると、股間から心地よさがもたらされた。

幼馴染みがズボンの上から陰茎を撫で回しだしたのは、もはやいちいち考えるまでもなく分かっていることである。

既に、そこは充分すぎるくらいにそそり立っており、ズボンに見事なテントを張っていた。そのため、ズボンとパンツ越しでも刺激されると快電流が脊髄を貫く。

すると、知香が顔を引いて唇を離した。

「ぷはあっ。省吾くんのチン×ン、もうこんなにぃ……」

「うん。知香ちゃんと、早くしたくて」

「もうっ。そ、そういうことを真顔で言わないでよ。本当に、エッチなんだからっ」

こちらの答えに抗議しつつ、彼女の口元はほころんでいる。

もっとも、好きな相手がそれほど自分を求めてくれているのだから、口ではなんと言おうと悦びが先に立つのは当然だろう。

このまま、今すぐに素っ裸になって浴室に移動したい気持ちはあったものの、こうして知香と見つめ合うと、またまた愛おしさが込み上げてくる。

それに、普段は営業終了後にしていて、夜遅いこともあって時間にやや追われ気味にしているが、今日はまだ夕方前で時間は充分にある。キスなどの行為を、じっくりと堪能するのも一興というものではないだろうか？

その感情を抑えきれず、省吾はまた幼馴染みに唇を重ねていた。

彼女のほうも、それを素直に受け入れてくれる。

（こうすると、柔らかい唇の感触はもちろんだけど、知香ちゃんの匂いも感じられる。ああ、本当に幸せだ。この時間が、いつまでも続けばいいのに……）

そんな思いが、心に湧き上がってくる。

ところが……。

「ああ、やっぱり二人でしていたわね？」

「予想はしていましたけど、思っていた以上にラブラブになっていたんですねぇ」

と、希美と久美子の声がしたため、省吾は焦って唇を離して脱衣所の出入り口を見た。すると、そこには美人ライターと爆乳未亡人が立っていた。

「えっ⁉　な、なんで？」

知香が、露わになった胸を慌てて隠しつつ、目を丸くして疑問の声をあげる。

「あの、今日は定休日ですよ？」

省吾も、他人に幼馴染みとイチャついている場面を目撃された動揺を隠せないまま、そう問いかけていた。彼女たちの登場は、さすがに予想外の事態である。

「分かっているわよ。ただ、最近の様子から見て関係が進展したな、と思ってね。定休日に二人きりなら、きっとエッチしているだろうって考えて、久美子さんと示し合わせて様子を見に来たわけよ。案の定だったわねぇ」

してやったり、という笑みを浮かべながら、希美が説明する。

どうやら自分たちの行動など、年上の二人にはお見通しだったらしい。

「だ、だけど、どうやって中に？」

「正面玄関からですよ。『本日定休日』って札をかけてあっても、外の掃除とかもしていたらいちいちロックはしないですよねぇ？」

省吾の疑問に対して、久美子がにこやかに応じる。

（あっ。た、確かに……外の掃除のあと、どうせ帰るとき最後に鍵を閉めるからって、開けっぱなしにしていたっけ）

ここまで行動を読まれていると、己の単純さに嫌気がさしてくる。

「えっと、久美子さんは今日、仕事じゃ……？」

前に聞いた話では、爆乳未亡人は銭湯が休みの水曜日には、ほぼパートのシフトを入れていたはずである。どうして、こんな時間にここにいるのだろう？

「今日は、あらかじめお休みをいただいておいたんです。だから、時間は充分にありますよぉ」

と、彼女が笑みを浮かべたまま、こちらの疑問に答える。

どうやら、本当に希美と事前に示し合わせて、定休日の来訪を企《たくら》んでいたらしい。

「というわけで、あたしたちも混ぜてもらうわね？　省吾、嫌とは言わせないわよ」

目に妖しい光を宿しながら、希美がそんなことを口にした。

「えっ？　あ、あの、僕には……」

「知香ちゃんがいる、って言いたいんでしょう？　分かってるって。別に、本気で省吾を奪おうってことじゃないのよ。ただ、あたしたちもお相伴《しょうばん》にあずかりたいって思ってね」

「なっ……なんですか、それ!?」

胸を隠し、恥ずかしそうに沈黙していた知香が、美人ライターの言葉に驚きの声をあげた。

もっとも、それは省吾も同じ気持ちだったが。いったい、彼女たちはなにを考えているのだろうか？

　すると、こちらの疑問を察したらしく、希美がさらに口を開いた。

「だって、省吾のオチ×ポ、あたしがこれまで経験した中で最高だったんだもの。知香ちゃんと両思いになったからって、もう省吾とセックスできなくなるなんて考えたくもないわ」

「わたしも、あんなに気持ちよくなったの初めてで……死んだ夫としていたときにも、あれだけイケたことはなかったんですよ。それなのに、このまま省吾さんとの関係が終わってしまうなんて、とても我慢できません」

　と、久美子も続けて言う。

　それから二人は、自分の服を脱ぎながらこちらににじり寄ってきた。

　どうやら、彼女たちは省吾とのセックスの虜《とりこ》になってしまったらしい。

　呆然としている知香、妖しい雰囲気をまといながら迫ってくる希美と久美子。

　そんな三人を前に、省吾は逃げ出すこともできずに立ち尽くすしかなかった。

5

「んっ、じゅぶ、んむ……」

「そうそう、その調子。そうやって、フェラをしながら玉袋も弄ると、男はもっと気持ちよくなってくれるわよぉ」

知香の口から生じる粘っこい音と吐息のような声と、楽しそうな美人ライターのアドバイスが浴室に響く。

今、愛らしい幼馴染みは風呂椅子に腰かけた省吾の股間のモノを咥え、懸命にストロークをしていた。その背後にいる希美は、彼女の両乳房を鷲掴みにしている。

もちろん、知香の動きはフェラチオに慣れた人間の行為と比べれば、まだ小さかった。しかし、彼女が指示されたとおりに陰嚢《いんのう》を弄り回しているため、分身からもたらされる快感は、これまでになく大きい。

だが、省吾は喘ぎ声をこぼすこともできなかった。何しろ、顔を横向きにされて爆乳未亡人に唇を塞がれ、さらには舌を絡められているのである。

久美子は、大きな胸を押しつけながら熱心に舌を動かしていた。そのため、こちらも動きに合わせて半ば無意識に舌を絡みつけてしまう。

（ああ、口もチ×ポも気持ちよくて……なんで、こんなことに……）

朦朧とした省吾の脳裏に、今さらのようにそんな思いがよぎった。

知香との情事に耽ろうとした矢先に乱入してきた希美と久美子は、自分たちも行為に混ぜるように要求してきた。もちろん、４Ｐなど最初は拒んだのだが、口が上手い美人ライターに丸め込まれてしまったのである。

結局、四人ですることになったものの、知香がフェラチオをあまり得意としていないと知った希美が、「せっかくだからコツを教えてあげる」と言い出した。

そして、彼女が指導に入ると、手持ち無沙汰状態になった未亡人が省吾の唇を奪い、今のような状況になってしまったのである。

本来、処女だった幼馴染みには、省吾がもっとしっかり教えてあげるべきだったのかもしれない。しかし、彼女とするときは未だに興奮が先に立ってしまい、多少拙い奉仕でも射精できるため、細かな指導がおざなりになっていたのだ。

（くうっ。いつもと違うところからも快感が来て……はうっ!?）

心地よさに浸っていた省吾は、知香の動きが急に乱れて予想外の刺激を受けたため、心の中で驚きの声をあげていた。久美子に口を塞がれていなかったら、素っ頓狂な声いでぇ！」

を浴室に響かせていただろう。

「ぷはあっ！　希美さんっ、あんっ、もうっ、はあっ、オッパイッ、んあっ、揉まないでぇ！」

一物を口から出して、知香がそんな抗議をした。

爆乳未亡人が邪魔になって見えないものの、どうやら美人ライターからの胸への愛撫でもたらされる刺激に耐えられなかったらしい。

「もう。これくらいでフェラをやめちゃうなんて、知香ちゃんもまだまだねぇ。これから、こうするつもりだったのに」

という希美の声に続いて、

「ひゃううんっ！　乳首っ、摘ままないでぇ！」

と、知香が悲鳴のような声を浴室中に響かせた。

「ほら、手まですっかり止まっているわよ。快感で咥えるのが辛いなら、舐めるだけでもいいし、玉袋を弄るのが大変なら竿をしごくほうに変えてもいいから、チン×ンへの刺激を止めたらダメ。ただし、さっきも教えたとおり、舐めるときは先っぽだけじゃなくて、全体にしてね。このままだと、省吾は知香ちゃんのフェラじゃなくて、久美子さんとのキスでイッちゃうわよ？　そんなの、悔しいでしょう？」

その美人ライターのアドバイスが、省吾の耳にも届く。

すると、知香が陰嚢から手を離して肉棒を握った。そして、竿をしごきつつ先端に舌を這わせだす。

「レロ……レロ……」

「そうそう、その調子。頑張って続けなさい」

そんな希美の声と共に、幼馴染みの動きがまた大きく乱れだした。おそらく、乳首への愛撫を受けているのだろう。

「んんっ！　レロ……あうっ、チロ、やんっ！　ピチャ、それぇ！　レロロ……」

知香は喘ぎながらも、どうにか舌での奉仕をし続けていた。しかも、事前のアドバイスに従い、カリ首あたりもしっかり舐めている。

その乱れたフェラチオの快感と、口内からの心地よさに、省吾はすっかり酔いしれていた。風呂椅子に座っているおかげで、かろうじて耐えられているが、もしも立っていたりしたら、とうの昔に腰が砕けていたに違いあるまい。

ただ、できることならこの快楽をずっと味わっていたい、という気持ちはあったが、そんな思いも虚しく省吾の中には射精感が込み上げてきていた。

「先走りが出てきたわね。あとは、お汁を舐め取るように舌を動かすと、自然にチン

×ンの敏感な部分を刺激できるわよ。あ、手を動かすのも忘れないで」

愛撫を止めた希美のアドバイスに従って、知香が縦割れの唇に舌を這わせだす。

「レロロ……チロ、チロ……」

省吾の体勢では幼馴染みの姿を見ることはできないが、声とペニスからの刺激で状況の想像はつく。

おかげで、発射に向けてのカウントダウンが一気に進む。

だが、あと少しというところで、

「ふやあっ！　希美さんっ、ああっ、あそこまでっ、あんっ、弄らないでぇ！」

と、知香が先端から舌を離して、甲高い声を浴室に響かせた。

どうやら、美人ライターが股間を弄りだしたらしい。

「ふふっ。知香ちゃんのオマ×コ、もうかなり濡れているわねぇ？　あたしに愛撫されながら省吾に奉仕して、そんなに興奮していたんだぁ？」

「やんっ、違っ……ひゃうっ、それぇ！　ああっ、チン×ンッ、あうっ、舐めてっ、あんっ、いられないぃぃ！　ああっ、きゃうううっ……！」

からかうような希美の指摘に対して、幼馴染みが喘ぎながらそんな抗議の声をあげる。ただ、それでも彼女の手は不規則に肉棒を刺激し続けている。

（ううっ。見ることはできないけど、そのぶん想像が掻き立てられて……もう、出る！）

と心の中で呻いた瞬間、限界に達した省吾は暴発気味にスペルマを発射していた。

「ひゃううん！　精液、顔にぃぃ！　んはあああぁぁぁぁぁぁ!!」

知香の絶頂の声が、浴室に響き渡る。

おそらく、希美の愛撫に顔射が加わって、一気にエクスタシーを迎えたのだろう。

朦朧とした頭でそんなことを考えつつ、省吾は自分の中に新たに湧き上がってきた欲望を、まったく抑えられなくなっていた。

6

射精を終え、久美子のキスから解放された省吾は、足下に目を向けた。

「んああ……イッたぁ……省吾くんの精液ぃ……」

顔を白濁液まみれにした知香が、床に力なく横たわりながら、独り言のようにそんなことを呟いていた。自らも絶頂を迎え、上体を支える気力もなくなったらしい。

「はぁ〜。省吾さぁん、わたしもう我慢できませぇん」

不意に、横から久美子が大きな胸を押しつけるようにしなだれかかってきた。そうして豊満なふくらみの感触が腕から伝わってくると、自然に昂りが増していく。

欲求不満な未亡人は、どうやら激しいキスだけですっかり準備が整ってしまったようだ。

「あっ。久美子さん、ズルイ！　と言っても、あたしはまだちょっと早い感じだから、仕方がないわねぇ」

と、希美が肩をすくめる。

なるほど、美人ライターの股間は端から見た限り、特に濡れている様子がない。そもそも、彼女は知香に愛撫をしていたものの、自身は性的な刺激を特に受けていなかったのだ。今の言葉から考えて、興奮で秘部の内側は湿っているのかもしれないが、男のモノを受け入れるにはいささか準備不足なのだろう。

とはいえ、このまま久美子と行為を始めた場合、希美への愛撫はさすがに難しい気がする。

（久美子さんと最初にするのはいいとして、希美さんをどうしようかな？）

そんなことを省吾が考えていると、すぐに美人ライターがポンと手を叩いた。

「そうだ。じゃあ、久美子さんがあたしの愛撫をしてくれる？」

と言うと、希美が床に横たわって自分の胸に手をあてがいつつ、脚をM字に広げる。

「えっ？　あっ、はい、分かりました」

戸惑いの声をあげた久美子だったが、美人ライターの行動ですぐに意図を察したらしく、そう応じた。そして、四つん這いになって彼女の股間に顔を近づける。

この体勢になると、さすがに省吾も彼女たちの狙いに気付く。

「他の人のオマ×コを、こうして見るなんて初めてですぅ。ああ、省吾さぁん。早く、早く挿れてくださぁい」

と、爆乳未亡人が腰を左右に振る。

その誘いに導かれるように、省吾は彼女の背後に回り込んだ。そして、腰を摑んで一物を秘裂にあてがい、ためらうことなく一気に押し込む。

「んはああっ！　入ってきましたぁ！」

たちまち、久美子が悦びに満ちた声を浴室内に響かせる。

そうして挿入が終わると、彼女は腕を折って突っ伏すような格好になり、希美の秘裂に口をつけた。その途端に、美人ライターが「あんっ」と甘い声を漏らす。

（やっぱり、そういうことか）

と思いつつ、省吾は抽送を開始した。

「んああっ！　あんっ、んむっ、レロ、ふはっ、チロロ……」

ピストン運動に合わせて、爆乳未亡人が希美の秘部を舐めだした。

「ああー！　これぇ！　はうっ、省吾の動きっ、ああっ、伝わってぇ！　ひゃあんっ、オマ×コッ、きゃうっ、気持ちいいぃぃ！　あんっ、はああっ……！」

自分の胸を揉みながら、美人ライターが嬉しそうな喘ぎ声をこぼしだす。

（これ、なんだか不思議な感じだなぁ）

腰を動かしながら、省吾はそんなことを思っていた。

何しろ、久美子と繋がっているのに、主な喘ぎ声は希美のものなのだ。こうしていると、膣肉の感触とは違う人間と本番行為をしているような錯覚に陥《おちい》りそうになる。

ただ、それだけでなく爆乳未亡人が希美の秘裂を愛撫しつつ、くぐもった喘ぎ声をこぼすのも聞こえてくるのが、牡の本能を著しく刺激していた。

どうにも我慢できなくなった省吾は、久美子の腰から手を離すと、床で潰れている爆乳を鷲掴みにした。そして、抽送を続けながら乳房を揉みしだきだす。

「んんんんっ！　んじゅぶ！　ふああっ！　ンロ、んむううっ……！」

「きゃふうんっ！　舌っ、ああっ、乱れてぇ！　あううっ、それっ、ひゃうっ、いいのぉ！　あひっ、はああっ……！」

未亡人のくぐもった声が不規則になり、同時に希美も甲高い喘ぎ声をあげた。

やはり、乳房への愛撫で彼女の舌の動きが不安定になることにより、美人ライターにもイレギュラーな快感がもたらされているらしい。

（くおっ！　久美子さんの吸いつくようなオマ×コの中が、なんだかすごくうねってきた！）

予想以上に甘美な膣肉からの刺激を受け、省吾は早くも射精感が湧き上がってくるのを感じていた。

つい先ほど、知香の顔に出したばかりなのだが、この奇妙なシチュエーションによる興奮を味わっていては、堪えることなど不可能と言っていい。

「ぷはあっ！　省吾さんっ、あんっ、わたしもっ、ああっ、もうっ、ああっ、これ以上はぁ！　はううっ、このままっ、ひゃうっ、中にっ、ああっ、また中に注いでくださぁい！　あむっ、ジュル、ちゅぶ……」

希美の秘裂からいったん口を離した久美子が、そんな訴えをしてきた。

「はあんっ！　あたしもぉ！　これっ、興奮しすぎちゃってぇ！　もうっ、あんっ、イキそうよぉ！　ああっ、きゃふうんっ……！」

美人ライターも、自分の胸を揉みながらそう口にする。

どうやら、二人もそろそろ絶頂間近のようだ。

省吾は、もはや何も考えられずに爆乳の感触を手で味わいながら、ひたすら腰を振り続けた。そして、間もなく限界に達して、「くうっ！」と呻くなり動きを止め、未亡人の中に精を注ぎ込む。

「んんんんっ！　じゅぶぶぶぶぶぅぅぅぅ‼」

「ひあぁっ、それぇ！　イクうううううぅぅぅぅぅぅぅ‼」

秘部に口をつけたまま久美子が発したくぐもった絶頂の声と、希美のエクスタシーによる絶叫のハーモニーが浴室に響き渡る。

そうして、精液を出し尽くして省吾が一物を抜いていったんどくと、久美子も美人ライターの股間から口を離した。それから、彼女は「ぷはああっ」と大きな吐息を漏らし、希美の秘部を避けつつグッタリと床に突っ伏してしまう。

「はうう……すごかったですぅ。人に愛撫しながら、セックスするなんて初めてでぇ……なんだか、普通にするより、感じちゃいましたぁ」

爆乳未亡人が、弱々しい声でそんなことを言った。

彼女は、羞恥心を刺激されると興奮しやすいので、もしかしたらこういった複数プレイが性《しょう》に合っているのかもしれない。

そのようなことを考えつつ、省吾は尻餅をつくように座り込んだ。

知香のフェラチオで射精したあと、すぐにまた大量にスペルマを発射したせいで、疲労感で腰が抜けたような感じになっている。

すると、起き上がった希美がこちらにやって来た。そして、虚脱状態の省吾を床に押し倒す。

「ふふっ、省吾ぉ？　次は、あたしの番よぉ」

そう言うと、彼女は返事も聞かずに身体の向きを反転させた。それから、背を向けて一物を握り、自分の秘裂に先端をあてがう。

それだけで、割れ目が充分すぎるくらい濡れそぼっているのが伝わってくる。

「んあっ、これぇ、まだ硬い。やっぱり、すごいわぁ」

そう口にしてから、美人ライターはすぐに肉茎を秘裂に呑み込みだした。

「んはあっ！　入ってきたぁ！」

悦びの声をあげつつ、彼女はさらに腰を下ろし続ける。

そして、とうとう最後まで下ろしきったところで、希美の動きが止まった。

「んはあ、奥まで入ってぇ……省吾ぉ？　今日は、あたしの好きにさせてもらうからねぇ」

身体を捻《ひね》ってこちらに目を向けた彼女が、そんなことを言う。

どうやら希美は、前回したとき省吾に主導権を取られたのを、まだ根に持っていたらしい。今回は、そのリベンジマッチのつもりのようだ。

それから美人ライターは、腰をくねらせるように小さく動きだした。

「んっ、んっ……んあっ、どう？　んんっ、気持ちっ、んあっ、いいでしょう？　んあっ、あんっ……」

と、彼女が喘ぎながら訊いてくる。

（くうっ。チ×ポが敏感になっているから、これでも気持ちいい。気持ちいいんだけど……）

本来であれば、もっと激しい上下動でペニスをしごいて欲しい、というのが正直なところである。だが、美人ライターの動きからは、明らかにこちらの心理を見抜いた上で焦らす意図が感じられた。

希美は、男が予想外のことをしてきて主導権を取られると弱い。が、背面騎乗位だと胸は揉めず、かと言って床が硬いので下からの突き上げも思うようにできない。そのため、どうにも反撃の糸口が摑めなかった。

おそらく、と言うかまず間違いなく、彼女は省吾にリードされないように、この体位を選んだのだろう。

「んっ、はっ、んっ、あんっ、こうしてっ、んはっ、ふあっ、んんっ……！」

希美は、くねらせるような腰の動きに、小さな上下動を加えだした。

それによって、新たな快感がペニスにもたらされて、省吾は思わず「くうっ」と喘ぎ声をこぼしてしまう。

「んふうっ、いい声。はんっ、省吾がっ、あんっ、あたしをっ、んはっ、リードするなんてっ、んあっ、まだ早いんだからっ！　ふあっ、このチン×ンッ、あうっ、やっぱりいい！　はあっ、あんっ……！」

そう口にしつつ、彼女の抽送が次第に大きくなっていく。どうやら、快感の虜になってきたらしい。

(ううっ。このまま、希美さんにされるがままになるっていうのも、ちょっと悔しい気はするけど……この体勢じゃ、どうしようもないし)

省吾が、快感で朦朧となりながらそんなことを思っていると、不意に人影が眼前を遮った。

続いて、「ひゃうんっ！」と希美が素っ頓狂な声を浴室に響かせ、その動きがピタリと止まる。

驚いて目を凝らすと、知香のヒップと背中が視界に入った。

「希美さん、さっきのお返しですよぉ？」

「ふやっ、ちょっ……あんっ、いきなりっ、はうっ、オッパイッ、ああっ、揉まないでぇ！　あっ、やんっ、チン×ンッ、はあっ、オマ×コにっ、あうっ、入ったままなのにぃ！　あうんっ、これぇ！　あううっ、きゃふうっ……！」

省吾の位置からは、二人の行為を見ることはできない。だが、知香が美人ライターの胸を揉みしだきだしたというのは分かる。

「省吾くんから聞いていましたけど、希美さんって本当に不意打ちとか予想外のことをされると弱いんですねぇ」

「あうっ、省吾っ、やんっ、知香ちゃんにっ、ああっ、余計なことっ、はううっ、教えてぇ！　ああっ、それぇ！　はうっ、やううんっ……！」

(そういえば、少し前に雑談をしている最中、希美さんの弱点の話をしたっけ)

愛らしい幼馴染みは、そのことをしっかり覚えていて、先ほどフェラチオ中に乳房やクリトリスを愛撫されて達した仕返しをし始めたようである。

「ほらぁ。希美さん、腰が止まっていますよぉ。動かないと、省吾くんが気持ちよくなれないじゃないですかぁ」

「んはっ、わ、分かって……あんっ、いるわよっ。んっ、あっ……」

知香から愛撫されつつ指摘された希美が、どうにか反論して抽送を再開した。しかし、乳房を刺激され続けているせいか動きは乱れがちだ。

そのぶん膣肉の絡みつきが強まり、陰茎に予想外の心地よさをもたらしてくれる。

「ああーっ！　それっ、あんっ、乳首ぃ！　やんっ、はううっ、あひいっ！　あっ、はああっ……！」

どうやら乳首を弄られているらしく、美人ライターが甲高い悲鳴に近い声を浴室に響かせる。前戯のときとは、攻守が完全に逆転した格好と言えるだろう。

（ううっ。オマ×コの蠢き方が、今までになく強烈で……これは、あんまり我慢できないかも）

省吾は、そんな危機感を抱いていた。

もちろん、知香のヒップと背中が邪魔になって、希美の姿を見ることはできない。しかし、膣肉の蠢き具合や喘ぎ声から、彼女が今どんな顔をして、どういう状況になっているかは手に取るように分かる。

ましてや、自分の上で合体中の女性に幼馴染みが愛撫をしている状況なのだ。罪悪感混じりの背徳的な興奮が、自然に射精感を早める。

「あんっ、チン×ンッ、んはあっ、中で跳ねてぇ！　ああっ、あたしもぉ！　はううっ、すぐにっ、あふうっ、イッちゃいそう！　あっ、ああんっ……！」

希美も、切羽詰まった声をあげだした。

どうやら彼女は、主導権を知香に握られたせいでMっ気を煽られて、あっさり達しそうになっているらしい。事実、膣肉が収縮を始めており、美人ライターの限界が近いことは省吾にも伝わってきている。

さらに、その刺激によって射精へのカウントダウンが脳内で鳴り響きだした。

「くうっ。僕も、そろそろ……」

「ああっ、出してぇ！　あんっ、このままぁ！　はううっ、中にぃ！　ああんっ、いっぱいぃぃ！　んはあっ、もうっ……イクうううううぅぅぅぅぅぅぅぅぅ!!」

と、たちまち希美がエクスタシーの声を張りあげた。

省吾の位置からは美人ライターの姿がほとんど見えなかったが、おとがいを反らし、身体を強張らせたのは想像がつく。

同時にカウントがゼロになって、省吾は彼女の子宮に出来たての精を注ぎ込んだ。

「はああ、出てるぅぅ……熱いの、あたしの中を満たして……幸せぇぇ」

とろけそうな声で、希美がそんなことを言う。身体が小刻みに震えているのは、ぺニスからも伝わってくるので、彼女が心の底から満足しているのは間違いあるまい。

「希美さん、早くどいてください。次は、わたしの番なんですから」

射精が終わったと察するなり、知香がそう言って絶頂の余韻で虚脱している年上の美人ライターの身体を強引に持ち上げた。

そうして、一物を露出させると、童顔の幼馴染みは希美を脇に転がすようにどかして、それからこちらに目を向けた。

「省吾くぅん、早くわたしにもチン×ンちょうだぁい？　さっきから、久美子さんや希美さんとしているところを見せつけられていたのに、ずっとお預けで我慢していたんだからぁ」

「ち、知香ちゃん、少し休ませて」

甘い声で迫ってくる彼女に対して、省吾は情けない思いをしながらそう訴えていた。

立て続けに三度も大量の射精をしたため、さすがに肉茎の硬度も落ちており、腰の周りの倦怠感もかなり強い。そのせいか、普通ならば知香の裸を見ると勃起がすぐに回復するのに、今はピクリとも反応しなかった。

既にセックスに満足して、賢者モードに突入したような気がしている。

「もうっ。わたし、これ以上は我慢できないんだけど？　じゃあ、省吾くん？　また、椅子に座ってよ」

と、知香が不満そうに先ほどまで省吾が座っていた風呂椅子を指さした。

どうやら、彼女は休憩するつもりなどないようである。前戯でのエクスタシーからやや時間が経っているものの、秘裂の濡れ具合から察するに、希美への愛撫で興奮して準備がしっかり整ったのは間違いなさそうだ。

仕方なく、省吾は気怠《けだる》さを感じる身体を起こして風呂椅子に腰をかけた。すると、正面から幼馴染みがまたがってくる。

「省吾くぅん、すぐ元気にしてあげるからねぇ。こうしてぇ……んっ、んっ……」

と、彼女は割れ目を一物に擦りつけて、腰を揺すりだした。

「くうっ。それっ……ううっ」

素股の刺激を受けて、省吾は思わず呻き声をこぼしていた。

まさか、知香が自らこんなことをするとは、さすがに予想外である。また、ペニスに温かな蜜が新たにまとわりついてくる感触が、なんとも心地よく思えてならない。おかげで、半強制的に分身の硬度が増していく。

「ああ、硬くなってきたぁ。それじゃあ、挿れるねぇ」

そう言うと、彼女は腰を上げて精液と愛液にまみれた肉棒を片手で握った。そして、自分の秘部に先端をあてがい、もはや躊躇する素振りも見せずに、腰を下ろす。

「んあああっ！　やっと入ってきたぁぁぁ！」

歓喜の声をあげながら、幼馴染みが肉茎を呑み込んでいく。

そうして、ペニスを最後まで挿入すると、彼女は省吾の首に腕を回して抱きついてきた。そのため、胸のふくらみが押しつけられて、さらに身体の前面全体に女体の体温が広がる。

「じゃあ、動くねぇ。んっ、んんっ、んっ、はっ、あんっ、あうっ……！」

と、知香がすぐに抽送を開始し、喘ぎ声をこぼしだした。

年上の美女たちが先に省吾とするのを見ていた嫉妬なのか、あるいは一物にこびりついた希美と久美子の残滓を自分の愛液で消し去るつもりなのか、その腰使いがいつになく積極的に思える。

「ああっ、あんっ、これぇ！　はうっ、省吾くんのっ、ああっ、気持ちよすぎぃ！　はうっ、ああっ、なんかっ、ひゃうっ、すぐにっ、はあんっ、イッちゃうよぉ！　あっ、ああんっ……！」

動きだして間もなく、幼馴染みが切羽詰まった声をあげた。

随分と早い気がするものの、先にフェラチオをしながら絶頂させられ、そのあと希美に愛撫をして興奮していたのだ。肉体が本人の想定以上に敏感になっていた、というのは大いに考えられる。

「はあっ、あんっ、もうっ……イクうううぅぅぅぅぅ!!」

と、知香が身体を強張らせて絶頂の声を浴室に響かせた。

そして、彼女はすぐにグッタリと虚脱する。

「んはあ……先に、軽くイッちゃったぁ。省吾くん、まだまだっぽいのにぃ」

幼馴染みが、なんとも悔しそうに言う。

「もう、やめておく？」

「ううん。省吾くんが出してくれるまで、絶対にやめなぁい」

省吾の問いかけに、彼女が弱々しい声でそう応じた。

とはいえ、風呂椅子に座った状態の座位だとこちらが腰を動かすのは難しく、かといって知香のほうも達したことで身体に力が入りにくくなっているようである。このままでは、どれだけ時間がかかるか分かったものではない。

（いったい、どうすれば……？）

省吾が、そんなことを考えていたとき、

「んはあ……それじゃあ、わたしたちが手伝ってあげましょうかぁ？」

と、横から爆乳未亡人の声がした。

そちらに目を向けると、いつの間にか希美と久美子が身体を起こして、こちらを見つめている。

「へっ？　手伝うって？」

「言葉どおりの意味よぉ。お返しにお返しするのもなんだけど、今の二人じゃイクまでのタイミングが合わなさそうだし」

省吾の疑問に、美人ライターがそう応じて自分の身体にシャワーをかけだす。

その間に、爆乳未亡人が近づいてきて、結合部に指を這わせた。

「ひゃんっ！　そこっ、弄られるとぉ！」

敏感な部分を触られて、知香が甲高い声をあげる。

同時に膣肉が蠢き、一物に甘美な刺激がもたらされて、省吾は「くうっ」と呻いていた。

「さあ、知香さん、動いてください。ここを弄られながら動くと、すごく気持ちよくなれますよぉ」

「そ、そんなぁ……ううっ。んっ、んっ……」

久美子の指示に、いささか情けない声をあげつつ、幼馴染みが上下動を再開する。

「あっ、やっ、んはっ、これぇ！　あんっ、あそこっ、きゃふっ、感じすぎっ、あっ、やふっ、ああっ……！」

たちまち、知香が先ほどまでより一オクターブ高い喘ぎ声をこぼしだす。

そんな彼女の様子に、ついつい見とれていると、不意に省吾の背中にふくらみの感触が広がった。しかし、いつもと違ってヌルッとした感触なので、彼女が持参したボディーソープを塗りたくった状態だというのは、直接見ることができなくても分かる。

「うふっ。これ、一度やってみたかったのよねぇ。んっ、んっ……」

と、希美がバストを擦りつけるように身体を揺すりだす。

すると、ソープが泡立ちだしたのが、背中の感触ですぐに伝わってきた。

「うあっ、それっ……はううっ！」

背後から思いがけない心地よさがもたらされ、省吾は思わず呻き声をこぼしていた。

考えてみると、行為の大半が浴室だったというのに、ボディーソープを使ったプレイは今までにしたことがない。それだけに、新鮮な感触に自然と興奮が増す。

「あんっ、チン×ンがっ、んあっ、中でっ、ああっ、ビクンッてぇ！　あっ、あんっ、わたしだってっ、はうっ、負けないんだからぁ！　あんっ、ひゃうっ、あそこっ、はううっ、感じすぎぃぃ！　はあっ、ああっ……！」

どうやら、省吾が美人ライターのソーププレイで感じさせられたのに対抗心を燃やしたらしく、知香がより積極的に腰を振りだした。しかし、そうすると久美子に弄られているところも強く刺激されて、彼女自身も大きな快感に苛《さいな》まれることになる。

「あひっ、あんっ、ああーっ！　ひゃうっ、あんっ……！」

愛らしい幼馴染みは、不規則な動きになりつつも、喘ぎながら腰を動かし続けた。

「んっ、んっ……知香ちゃん、すっかりエッチになったわねぇ？　んふっ、んっ、んしょっ……」

省吾の後ろから、希美のそんな楽しそうな声がする。

「あんっ、そっ、そんなことっ……んあぁっ、わたしっ、はううっ、大きいのっ、あんっ、来ちゃいそうだよぉ！」

反論しようとした知香だったが、絶頂の予兆を感じたらしく、そんな切羽詰まった声をあげた。先ほど達したばかりで、結合部まで弄られていることもあり、さすがにもう限界らしい。

だが、省吾のほうは充分に興奮しているとはいえ、射精まではまだ少し時間がかかりそうだ。

「省吾、いいことをしてあ・げ・る」

悪戯っぽくそう言うと、希美が身体を背中に擦りつけながら肛門に指を這わせてきた。そして、菊門のあたりをモゾモゾと弄りだす。

「うおっ、それっ！　はううっ！」

未知の感覚がもたらされて、省吾は思わず素っ頓狂な声をあげていた。

尻の穴を弄られるというのは、まったく想定外である。

さらに、前立腺の近くを刺激されたことで、射精感が強制的に湧き上がってきた。

「それじゃあ、わたしもここを」

久美子もそう言うと、指を結合部の内側に入れた。そうして、彼女が弄りだしたのが知香のクリトリスなのは、見えなくても分かる。

「ひゃううううっ！　しょこぉぉぉ！　あああっ、もうらめぇぇ！　ひゃううっ、イッちゃうよぉぉぉ！　はああああぁぁぁぁぁぁぁん!!」

愛らしい幼馴染みが、おとがいを反らして絶頂の声を浴室中に響かせる。

同時に膣肉が激しく収縮し、ペニスにとどめの刺激をもたらす。

「ううっ、出る！」

と呻くように口走るなり、省吾は気が遠くなるような思いをしながら、知香の中に出来たてのスペルマを注ぎ込んでいた。

エピローグ

「いらっしゃいませ。靴は、そちらの下駄箱に入れて鍵をかけてください」

五月半ばの火曜日の夕方、フロントの席に座っている省吾は、新たに入ってきて困惑気味の女性客に声をかけた。

すると、彼女は素直に指示に従い、それからフロント前にやってくる。

「お客さんは、初めてですね？　こちらの銭湯は……」

と、省吾は銭湯に不慣れそうな女性客に、浴室内にシャンプーやリンスの備えがないこと、フロントで必要なお風呂セットを売っていることなどの説明をし始めた。

ゴールデンウィークを過ぎても、省吾は「野上の湯」で働き続けていた。

というのも、オーナーの楠木茂の回復に思いの外、時間がかかっており、復帰できるとしても当面先になるらしいのである。

大学四年生の知香は、当然の如く春休みが終わって既に授業が始まっている。もちろん、出席の必要がある授業は少なく、また「野上の湯」という就職先も決まっているので、他の学生と違って就職活動で慌ただしくなることもないのだが。

とはいえ、授業がある日は戻ってくるのが夕方過ぎになり、どうしても銭湯の営業時間と被《かぶ》ってしまう。そのため、省吾が辞めるわけにはいかなくなったのだ。

そうして、女性客が入浴料とお風呂セットの代金を払って女湯の暖簾をくぐって中に入ると、入れ違いでTシャツとズボン姿の久美子が現れた。

「省吾さん、脱衣所の整頓、終わりました」

「あっ、お疲れさまです。じゃあ、僕が男湯のほうをやるんで、こっちをお願いします」

と、省吾がフロントを出て爆乳未亡人と入れ替わったところで、今度は新たな男性客が入ってきた。

「いらっしゃいませ。靴は、そちらの下駄箱に入れて鍵をかけてください」

そう客に声をかけながら、省吾は内心でため息をついていた。

（ふう。ゴールデンウィークを過ぎた平日なのに、引きも切らずにお客さんが来るな。久美子さんがいなかったら、さすがに捌ききれないぞ）

この「野上の湯」の急な繁盛ぶりには、ちゃんと理由があった。

実は、希美が書いた「野上の湯」の記事が、四月頭に発売された週刊誌に掲載されたのだ。

もちろんエロい話ではなく、減少しつつある古い銭湯の課題なども交えた真面目なルポルタージュ記事である。知香も取材であれこれと聞かれたそうで、掲載されたものを読んで恥ずかしがりつつも、美人ライターの切り口に感心し、「卒論の参考になりそう」と言っていたほどだ。

その記事の効果なのだろう、掲載後から「野上の湯」の客数は大幅に増えたのである。何しろ、連休中は夕方前に下駄箱が埋まってしまい、客の入場を制限せざるを得なくなったほどである。

経営だけ考えれば嬉しい悲鳴なのだが、これだけの人出を知香が授業でいないとき省吾が一人で捌くのは不可能だ。

そのため、久美子がスーパーでのパートを辞めて、先月後半から「野上の湯」で働くようになったのである。ゴールデンウィーク中の多忙さも、彼女がいたから大きなトラブルなく乗り切れた、と言っていいだろう。

とにかく、平日の今日も客が入れ替わり立ち替わり来るため、少し前までのややのんびりした雰囲気が懐かしく思えるくらい、慌ただしい状況が続いている。幼馴染みもいるときならまだしも、二人だけではゆっくり休憩を取る暇もないほどだ。

それでも、十七時から十九時の来客のピーク時間には、大学から戻ってきた知香が加わるので多少はマシになる。

もっとも、火曜日に幼馴染みと爆乳未亡人が揃い、さらに二十一時の入店終了時刻前ギリギリになって希美が姿を見せると、省吾は落ち着かなくなってしまうのだが。

というのも、閉店時刻を迎えて、一通りの掃除を終えると……。

「ピチャ、ピチャ、チロロ……」

「レロ、レロ、ピチャ……」

「ンロ、んはっ、レロロ……」

静かな男湯に、希美と知香と久美子がペニスを舐め回す音が響く。

今、男湯の床に敷かれたエアマットに寝そべった省吾の股間に、ローションまみれの三人の美女たちが群がって、競うように奉仕をしていた。

愛らしい幼馴染みが真ん中を陣取ったのは、ジャンケンで勝った結果であって深い意味はない。したがって、彼女の左側に爆乳未亡人、右側に美人ライターがいるのも特別な意味合いを持つものではなかった。

ただ、三人によるローションプレイで、省吾は先ほどからいつ達してもおかしくないくらいの興奮を覚えていた。しかも、今は三人がかりで分身を責められているのだから、その昂りはとどまるところを知らない。

「くうっ。知香ちゃん、そこっ……はううっ！」

縦割れの唇を舐められて、省吾はおとがいを反らしながら呻くように声をあげた。

「レロ、レロ……んはっ。先走り、出てきたぁ。省吾くん、イキそうなんだぁ。いいよぉ。いっぱい出してぇ。チロ、チロ……」

と、知香がますます熱心に亀頭を舐めだす。

「あんっ。知香さんばっかり、ズルイですぅ。レロロ……」

「そうよぉ。あたしだって、省吾の濃いザーメン早く欲しいんだからぁ。ピチャ、ピチャ……」

久美子と希美も、そんなことを口にして、左右から熱を込めた舌使いで竿を舐め回してくる。

このところ、省吾たちは定休日前の火曜日の夜になると、こうして４Ｐを繰り広げていた。

もちろん、省吾としては４Ｐなど避けたかった。だが、知香が行為を受け入れているため、強く拒めないのである。どうやら彼女は、女湯で希美や久美子に見られながらしたセックスの快感に、すっかりハマってしまったらしい。もっとも、さすがに毎回ではなく、週一回程度するのが愉しみなようだが。

ただ、大学から戻ってきてすぐ働いていたのに、そのあとこうして行為に入る幼馴染みの貪欲さには、驚きを禁じ得ない。

それに、いつの間にやらエアマットやローションまで用意されていたことにも、意表を突かれた感があった。実際に行ったことはないが、こうしてマットプレイをしていると風俗店にいるような錯覚すら抱いてしまう。

ただ、知香の伯父がこの光景を見たら卒倒するに違いない、という気はしていた。

（うう……茂おじさんの復帰のタイミングもあるし、僕だって就職をどうするかって問題があるから、いつまでもこんなことをしていられないとは思うんだけど……）

ペニスからの快感に酔いしれながら、省吾はそんなことをふと考えていた。

今の自分は、あくまでもアルバイトの立場である。つまり、茂が復帰した時点でお役御免になってしまうかもしれないのだ。

もちろん、知香が「野上の湯」を継ぐのは既定路線なのだから、愛らしい幼馴染みと結婚して共に銭湯を守っていく、という未来もあり得る。

だが、彼女のことは好きなものの、希美と久美子との関係もあって、今はまだそこまで思い切った決断をする度胸はなかった。

「チロロ……ふはっ。省吾くん、エッチに集中していないでしょう？　早く、精液を出してよぉ。レロ、レロ……」

こちらの反応の鈍さを察したのか、童顔の幼馴染みがペニスを口から出してそんなことを言うと、さらに熱を込めて亀頭を舐めだす。

「ふはっ、知香さんのフェラがっ、んあっ、気持ちよくっ、あんっ、ないだけじゃないんですかぁ？　ピチャ、ピチャ……」

「そうよねぇ。本当に気持ちよかったら、余計なことを考える余裕なんてないだろうし。省吾ぉ、早くザーメン出してぇ。チロ、チロ……」

久美子と希美が、そんなことを口にしてから舌の位置を上に移動させ、頬を寄せ合うようにして舌先で亀頭の側面を舐めだす。

爆乳未亡人は、口調こそ丁寧なままだが前より遠慮がなくなって、なかなか辛辣《しんらつ》なことを平気で口にするようになった。

もともと、欲望に忠実な美人ライターには大きな変化がないように見えるが、以前より省吾への好意と知香や久美子へのライバル意識を、あからさまにしているのは間違いない。

ただ、それによって愛らしい幼馴染みがセックスにいっそう積極的になっているのは、皮肉と言うべきだろうか？

そんな三人の舌で、思い思いに亀頭を刺激されているため、我慢の限界があっさりと訪れてしまう。

「ううっ、出る！」

と呻くように言うなり、省吾は彼女たちの顔面に白濁液をぶっかけていた。

「はああっ、出ましたぁ！」

「ああん！　熱いの、いっぱぁい！」

「ああっ、これぇ！　すごいぃ！」

久美子と知香と希美が、悦びの声をあげて白濁のシャワーを顔に浴び続ける。

その三人の妖艶な姿に、省吾は何も考えることができず、ただただ激しい射精の余韻に浸るのだった。

（了）

※本作品はフィクションです。作品内に登場する
団体、人物、地域等は実在のものとは関係ありません。

ふしだら銭湯《せんとう》
〈書き下ろし長編官能小説〉
2022年3月14日初版第一刷発行

著者 ……………………………………河里一伸
デザイン ……………………………小林厚二
発行人 ………………………………後藤明信
発行所 ……………………………株式会社竹書房
〒102-0075 東京都千代田区三番町8-1
三番町東急ビル6階
email: info@takeshobo.co.jp
竹書房ホームページ http://www.takeshobo.co.jp
印刷所…………………………中央精版印刷株式会社

定価はカバーに表示してあります。
落丁・乱丁があった場合は、furyo@takeshobo.co.jp までメールにてお問い合わせください。